The Pearl

珍 珠
The Pearl

John Steinbeck

〔美〕约翰·斯坦贝克 著　巫宁坤 译

上海译文出版社

John Steinbeck
The Pearl
First Published in the USA by The Viking Press 1947
First published in Great Britain by William Heinemann Ltd. 1948
Published in Penguin Books 1976
Drawings by Jose Clemente Orozco
由上海译文出版社有限公司与企鹅兰登(北京)文化发展有限公司联合出品
Simplified Chinese edition by Shanghai Translation Publishing House in association with
Penguin Random House (Beijing) Culture Development Co., Ltd.
Cover design and illustration by Coralie Bickford-Smith

 "企鹅"及相关标识是企鹅图书有限公司已经注册或尚未注册的商标。
未经允许,不得擅用。
封底凡无企鹅防伪标识者均属未经授权之非法版本。

图书在版编目(CIP)数据

珍珠/(美)约翰·斯坦贝克(John Steinbeck)著;
巫宁坤译. —上海:上海译文出版社,2024.4
(企鹅布纹经典)
书名原文:The Pearl
ISBN 978-7-5327-9172-9

Ⅰ.①珍… Ⅱ.①约…②巫… Ⅲ.①短篇小说-美国-现代 Ⅳ.①I712.45

中国国家版本馆 CIP 数据核字(2024)第 013406 号

珍珠

[美]约翰·斯坦贝克/著   巫宁坤/译
总策划/冯 涛 责任编辑/宋 玲 美术编辑/张志全工作室

上海译文出版社有限公司出版、发行
网址:www.yiwen.com.cn
201101 上海市闵行区号景路 159 弄 B 座
南京爱德印刷有限公司印刷

开本 850×1168 1/32 印张 4.75 插页 6 字数 50,000
2024 年 4 月第 1 版 2024 年 4 月第 1 次印刷
印数:0,001—8,000 册

ISBN 978-7-5327-9172-9/I·5703
定价:78.00 元

本书版权为本社独家所有,未经本社同意不得转载、摘编或复制
如有质量问题,请与承印厂质量科联系,T:025-57928003

《珍珠》导读

中篇小说《珍珠》发表于 1947 年,被誉为"美国在第二次世界大战后文学创作中一颗璀璨的明珠"。作为一个故事,《珍珠》的情节是十分简单的。在墨西哥的采珠业中心拉巴斯海港,以采珍珠为生的印第安渔民当中有一对年轻的夫妻——善良淳朴、相亲相爱的奇诺和胡安娜。一天清早,他们头生的婴儿小狗子偶然被蝎子蜇伤了,有致命的危险。夫妻俩抱着爱子到白人医生家去求医,因为没有钱被冷酷地拒绝了。他们只得抱着病儿回到港口去,希望能采到一颗大珍珠,卖些钱请医生救孩子的命。没想到奇诺真的采到了一颗"世界上最大的珍珠"。这时,孩子的伤已经被胡安娜用土办法治好了。但是,珍珠在奇诺心里燃起了各种美好的希望,同时也招来了敌人的妒忌和暗算，一场掠夺和反掠夺的斗争展开了。在敌人的迫害下，奇诺一家走投无路，被迫出奔，接着又受到敌人的追捕。奇诺在自卫中杀死了敌人，但是爱子也遭到敌人的杀害。最后，奇诺和妻子回到家乡，把珍珠扔进了大海。

一个如此简单的情节，在作者笔下却表现为一场惊心动魄的斗争。作者把满腔深厚的同情倾注在奇诺和胡安娜身上，塑造出两个善良、淳朴、勇敢的印第安渔民的形象，歌唱他们的尊严，歌唱他们相依为命的爱情，歌唱他们不畏强暴，奋起反抗，与贪婪残酷的敌人展开一场生死大搏斗。因此，故事的每一个细小情节都能紧扣读者的心弦。

奇诺的反抗是以失败告终的。正如他哥哥所指出的："你反抗的不是那些收买珍珠的人，而是整个制度，整个生活方式。"以个人的力量反抗整个罪恶的制度，失败本来是意料中的事。但这并不是事情的全部，甚至也不是其中最重要的部分。最重要的还是这场斗争本身，是奇诺在斗争中的精神状态，是这场血的洗礼给他带来的觉醒和成长。故事开始时，奇诺不过是一个典型的善良淳朴的青年渔民。他过着一贫如洗的生活，但是幸福的小家庭却让他感到心满意足。意外的灾难迫使他脱下帽子去向白人医生求情，结果只落得一场当众的羞辱。意外的灾难又促使他去寻求偶然的幸运，但幸运并不等于幸福。偶然采得的珍珠在奇诺心里唤起了种种美好的愿望，但朴实的愿望也不过是天真的幻想。奇诺还没有迈出第一步，而邪恶的势力却已纠集在一起，磨刀霍霍，布下天罗地网。奇诺认识到，敌人不仅仅是要抢走一颗珍珠，更重要的是要粉碎他的一切憧憬。但是奇诺在斗争中迅速成长，他不仅看穿了敌人的欺骗与狡诈，而且抵制了爱妻和兄长的软弱。在与强大敌人的搏斗中，每一个回合都使奇诺变得更加清醒，更加坚强。在最后的灾难降临之后，奇诺终于大彻大悟了：一切美好的幻想都是无谓的，世界上最大的珍珠也不过是一个幻影。"他们俩航过苦海到达了彼岸"，于是他们无所畏惧地归来了。但是归来的奇诺已经不是几天以前离家的奇诺，更不是故事开始时的奇诺。珍珠也不再是希望的化身，而倒像是一个丑陋的毒瘤。当初胡安娜想要扔掉珍珠是出于恐惧和软弱，现在奇诺亲手把珍珠扔回大海却完全是另一回事。他们俩都在斗争中变得坚强有力，孩子的尸体和从敌人手中夺来的枪支就是力量的象征，而坚强的人是不需要幻想和侥幸的。奇诺和胡安娜失去了一个旧世界，现在他们俩肩并肩面对着生活的海洋，去迎接新的挑战。因此，没有任何理由认为《珍珠》是悲观主义的产物。

《珍珠》写的还不仅仅是奇诺一家的故事，而且也是一个寓言。它首先是一个有血有肉、有声有色的故事，因而真切感人。但它也是一个发人深省的寓言，因为它蕴含着远远超过奇诺一家人命运的普遍意义。一个中国读者很容易联想到"福兮祸所伏，祸兮福所依"之类的哲理，但这一道淡淡的哲理的晕圈无非是为了加深故事的普遍意义。珍珠照亮了拉巴斯这个具体而微的资本主义社会，黑白分明地暴露出那些住在破茅屋里的善良淳朴的渔民和那些住在豪华邸宅里的吸血鬼之间的不可调和的矛盾。奇诺的不幸和斗争不仅关系到他一家人的祸福，而是与整个社会息息相关的。珍珠也照亮了奇诺的心，在他眼前展开了崭新的地平线，于是他奋起反抗了。人们说："奇诺是一个勇敢的人。他这样做对咱们大家都有好处。这些人为奇诺感到骄傲。"奇诺的榜样鼓舞着世界上一切被剥削被欺凌的人民，去寻找那颗真正无价的明珠——人民解放的革命真理。

斯坦贝克的作品一向以朴素的艺术风格见长，而这种朴素在《珍珠》里又达到优美凝炼的高度。朴素的语言，鲜明的形象，和富于诗意的幻想结合在一起，构成这个中篇小说的独特风格。

一幅幅富有浓郁的地方色彩的画面为人物塑造和情节开展提供了引人入胜的背景。首先，作者用水粉画家的笔触一笔勾画出一幅清新的东方欲晓的景色，揭开了故事的帷幕。地面上公鸡报晓，群猪觅食。霸王树丛中，小鸟啾啾振翼。寥寥数笔，把天上的残星和曙光，地面的公鸡和群猪，墨西哥特有的树枝搭成的茅屋，丛丛的霸王树以及树上的群鸟，综合成一幅渔家恬静生活的画面。

接着是一幅海湾日出的景色。这不是任何地方的日出，而是这个海湾上特有的日出。这也不是一幅静止的图画，而是把海湾日出那一派瞬息万变的瑰丽景象烘托出来的能动的画面。这个画面是那些热爱自然、热爱生活的渔民的天然背景。

和瑰丽的自然景色形成鲜明对比的，是那些面貌凶残、心肠冷酷的白人殖民者的世界。这也是富有地方色彩的画面，但这是一个截然不同的世界，一个远离大自然的人为的天地。点缀森严的围墙的紫茉莉藤代替了一丛丛的霸王树，失去自由的笼中鸟代替了树丛中啾啾振翼的飞禽，隐秘的花园代替了开阔的大海，小喷泉喷洒在热石板上的声音代替了大海的早潮拍岸的音乐。

正是在各种不同画面的对比与交织之中，展开着一场残酷的不可调和的斗争。在奇诺来到海边采珠以前，我们看到一幅这个海湾上所特有的雾霭迷蒙的梦幻景象。自然的景色和人们的想象交织在一起，构成奇诺如梦的经历的背景。在奇诺的大珍珠开始招致敌人的妒忌和暗算之后，作者描绘了一幅海湾里大鱼吃小鱼的象征性图画。在奇诺去卖珍珠的早晨，我们看到的又是海湾所特有的那种幻景。这座石峰的幻象指明了奇诺的前景。在奇诺发现自己的小船被人破坏之后，作者又一次描绘黎明前的景色。公鸡报晓，炊烟四起，小鸟跳跃，这些都和故事开始时是一样的，但是整个气氛却大不相同了。残月无光，乌云飞渡，疾风呼啸，一场大难就要临头了。奇诺被迫逃亡，苦难的历程通过一幅又一幅墨西哥热带荒漠的景象展现在我们眼前，把悲剧推向高潮，直到最后一幅荒山清泉的图画发出死亡的信号。

在这个富有浓郁的地方色彩的背景上，作者用朴素的语言塑造出奇诺和胡安娜的淳朴形象。这些淳朴的渔民怀有强烈的思想感情，但不会花言巧语，就是夫妻之间也难得交谈。因此，对话就不能用作刻画人物的主要手段。于是作者把他们的一举一动、一言一行都清晰如画地呈现在读者眼前，让形象本身来感染读者。

故事一开头，通过奇诺在黎明前醒来的镜头，我们就看出这一对一言不发的年轻夫妻之间心心相印的关系。在奇诺剖开大珠母那个充满戏剧性的场面中，自始至终只有胡安娜轻轻说了一声"剖开它吧"，可是奇诺的每一个动作都流露出他内心的激动，而胡安娜不用问就发生了共鸣。在逃亡的紧急关头，奇诺回到妻子身边。最平常的语言，最简单的动作，没有修饰，没有对话，却写出了患难夫妻之间深情的关注，真是"此时无声胜有声"。

故事的情节也是以一幅幅鲜明的画面展开的。作者只是用最平常的语言，描绘一个个具体的细节，就让故事像戏剧一样在我们面前演出。故事开始时，孩子被蝎子螫伤了，这本是一件平常的事，但是一步步写来，每个细节写得那么具体，那么清晰，那么细致，蝎子的动作和孩子父母的动作交织在一起，构成一幕人和自然搏斗的紧张戏剧。随着情节的展开，奇诺与敌人搏斗的每一个回合仿佛都发生在我们眼前。在最后一章里，当奇诺一家伏在一根大树枝后面躲避追踪者的时候，我们也和奇诺一样屏息凝神地注视着追踪者从近旁走过去。每一个细节都看得那么分明，每一个声音都清晰可闻。没有修辞的干扰。朴素的语言勾画出充满戏剧性的形象。读者感到身临其境，与奇诺一家同呼吸，共命运。

奇诺的"稀世宝珠"是一个独特的形象。它随着主人公思想感情的变化而变化，随着故事情节的发展而变化。当奇诺剖开大珠母时，他看到的是一颗晶莹完美的珍珠。随即珍珠成为奇诺一切希望的源泉，一切梦想的象征。同时，珍珠也成为矛盾的焦点，成为招致灾难的祸根。尽管如此，珍珠仍然为奇诺放射出希望和幸福的光芒。可是，"稀世宝珠"到头来也不过是一个幻影。奇诺醒悟了，珍珠也就变得像毒瘤一样的丑恶。奇诺的珍珠，一经和幻想交织在一起，就获得了生命和戏剧性，成为一个具有主题意义的中心形象。

语言的高度形象性同样表现在丰富多彩的听觉形象上。整个故事不仅呈现为一系列色彩鲜明的画面，而且贯穿着一种独特的音乐节奏。故事开始时，公鸡报晓，小鸟啾啾，早潮拍岸，磨盘在转动，胡安娜在温柔地歌唱：这是奇诺一家幸福生活的乐曲。幽静的夜晚，奇诺听到的各种声音宛如催眠曲一般柔和。敌人在黑夜里鬼鬼祟祟的暗算又是以阴险邪恶的节奏进行的。在那"风声鹤唳，草木皆兵"的奔逃中，墨西哥荒漠中所特有的千百种声音汇合成奇诺一家受难的哀歌。

不仅如此，幻想的旋律和生活的旋律交织在一起，抒写出奇诺脑中激荡的感情，烘托出情节发展的各个阶段的意境。故事以早潮拍岸的音乐开始，而这个音乐也就是奇诺脑海里的"家庭之歌"的一部分。蝎子一出现，"恶之歌"也来到了。从此，善的旋律抗衡着恶的旋律，为奇诺反抗罪恶势力的斗争谱写一曲赞歌。"家庭之歌"和"珍珠之歌"唱出他内心的欢乐，唱出他对生活的热爱，唱出他美好的憧憬。在孤立无援的逃亡途中，家庭和珍珠的旋律鼓舞着奇诺一家在茫茫黑夜中前进。在斗争进入高潮的时刻，"家庭之歌"和荒山的蝉鸣蛙叫交织在一起，驱策着奇诺和敌人展开你死我活的搏斗。孩子被敌人杀害以后，珍珠失去了原来的意义，面目全非，它的音乐也不再是欢乐和希望的旋律了。可是，"家庭之歌"成为更加高昂的战歌，激励着奇诺继续进行战斗。

（李怡楷）

"在城里，人们讲着大珍珠的故事——它是怎样找到的，又是怎样失去的。人们讲到渔夫奇诺、他的妻子胡安娜和他的婴孩小狗子。因为故事被讲过那么多遍，它已经在每个人的心里生了根。和留在人们心里的一切反复讲过的故事一样，其中只有好的和坏的东西、黑的和白的东西、善良的和邪恶的东西，而不论哪里都没有中庸的东西。

"如果这个故事是个寓言，也许各人都从里面领会他自己的意义，也以自己的生活体验去读它。不管怎样吧，在城里人们说……"

1

奇诺在灰暗中醒来。星星还在闪耀，白昼在东方的天边也只画下了一抹淡淡的亮光。公鸡叫了半天，早起的猪群也已经开始不停地翻动着小树枝和碎木片，看看有没有漏过什么能吃的东西。在茅屋外面的霸王树[①]丛中，一群小鸟一面喊喊喳喳地叫着，一面拍打着翅膀。

奇诺睁开了眼睛，他先看看那个渐渐亮起来的四方形——那是门，然后看看那吊在空中的箱子，那里面睡着小狗子。最后他转过头去看他的妻子胡安娜；她挨着他躺在席子上，她的蓝披巾盖着她的鼻子和乳房，围着她的腰。胡安娜的眼睛也睁开了。奇诺一点也想不起，他在醒来时也曾看到它们闭着过。她的黑眼睛好像一对亮晶晶的小星星。正像她平素醒来的时候那样，她这会儿也在看着他。

奇诺听到早潮轻轻拍着沙滩的声音。那声音非常好听——奇诺又闭上眼睛去听他的音乐。也许只有他一个人这样做,也许他那个民族都那样做。他的民族曾经是伟大的作曲者,因此凡是他们看见、想到、做过或是听到的东西都变成了歌曲。那是很久以前的事了。那些歌曲流传了下来;奇诺知道它们,可是没有新的歌曲增加。这并不是说没有个人的歌曲。奇诺的脑子里这会儿就有一支歌,又明朗又柔和,假如他说得出的话,他会管它叫做"家庭之歌"。

他的毯子盖在他的鼻子上,防御着湿冷的空气。他的眼睛朝着身旁一阵沙沙的响声溜了过去。是胡安娜起身了,几乎没有声音。她光着粗硬的脚走到小狗子睡的吊箱面前,弯下身子轻轻哄了哄他。小狗子仰着头望了一会儿,又闭上眼睛睡着了。

胡安娜走到灶坑前面,拨出一块煤,一面把它扇着,

---
① 仙人掌之类的植物。

一面把小柴枝折断加在上面。

这时奇诺起身了,用毯子裹起脑袋、鼻子和肩膀。他把脚伸进凉鞋,走到屋外,去看破晓的天色。

在门外面他蹲了下来,把毯子的两头围拢在膝盖上。他看见海湾①上一朵朵云彩在高空中泛着红光。一只山羊走拢来嗅嗅他,睁着冷漠的黄眼睛呆呆地瞪着。在他身后,胡安娜点起的火冒出了熊熊的火焰,从茅屋的墙缝里投出一道道的火光,从门口也投出一块四方形的摇曳不定的光。一只来迟的飞蛾扑了进去觅火。"家庭之歌"现在从奇诺身后飘过来。胡安娜正在磨着玉米来做早餐吃的饼,那块磨盘的转动就是"家庭之歌"的节奏。

黎明很快地来到了,一抹淡彩,一道红光,一片明亮,然后爆发出一团烈火——太阳从海湾里升起了。奇诺垂下眼睛,躲避那炫目的光芒。他可以听到屋子里轻轻拍玉米饼的声音,闻到它们在平锅上发出的香味。蚂蚁在地上忙着,有浑身亮晶晶的大黑蚂蚁,也有灰溜溜的跑得很

---

① 加利福尼亚海湾。

快的小蚂蚁。一只灰溜溜的蚂蚁正狂乱地想要逃出一只蚁狮给它挖下的沙子的陷阱，奇诺以上帝的超然态度在一旁观望。一只瘦嶙嶙、怯生生的狗走拢来，一听到奇诺柔和的呼唤，就蜷做一团躺下，尾巴差不多盘到了爪子上，又把下巴轻轻地搁在这个堆堆上。这是条黑狗，在应该长眉毛的地方生着金黄的斑点。这是像其他早晨一样的一个早晨，然而又是一个特别美好的早晨。

奇诺听到了绳子唧唧嘎嘎的响声。这时胡安娜正把小狗子从吊箱里抱出来。擦洗干净，又把他搁在她胸口用披巾兜成的吊床里。奇诺用不着望就可以知道这些事情。胡安娜柔和地唱着一支古老的歌，这支歌只有三个音符，但音程却有无穷的变化。这也是"家庭之歌"的一部分。一切都只是一个部分。有时它高上去成为一种痛切的、攫住喉头的和音，诉说着这就是安全，这就是温暖，这就是完满。

隔着篱笆墙还有其他的茅屋，从那些屋子里也有烟出来，还有做早饭的声音，可是那些是别的歌，他们的猪是别的猪，他们的妻子不是胡安娜。奇诺既年轻又结实，黑红的头发覆在棕色的前额上。他的眼睛热情、凶猛而又明亮，胡子又稀又粗。他现在把毯子从鼻子上挪了下来，因为阴暗有毒的空气已经消散，而黄澄澄的阳光落在屋子上了。在篱笆墙附近，两只公鸡张开翅膀，竖起颈毛，低着头彼此佯攻。这将是一场笨拙的战斗。它们不是斗鸡，奇诺望了一会儿，然后他抬起眼睛去看一群野鸽忽隐忽现地向内地的群山飞击。这时世界已经醒来，于是奇诺站起身，走到他的茅屋里去。

当他走进门的时候，胡安娜从火光熊熊的灶坑面前站了起来。她把小狗子放回到吊箱里。然后她梳了她乌黑的头发，打成了两条辫子，又用细绿缎带扎住辫梢。奇诺蹲在灶坑旁边，卷起一张热玉米饼，蘸一蘸作料吃了下去，又喝了一点龙舌兰汁；这就是早饭了。这是他所吃过的唯一的一种早饭，除了节日，还有诸圣节那天一顿惊人的、险些把他撑死的甜点心不算。奇诺吃完之后，胡安娜回到灶旁吃她的早饭。他们也说了几句话，可是如果谈话只不过是一种习惯，谈话是没有什么必要的。奇诺满足地舒了一口气——这也就是谈话。

阳光温暖地晒着茅屋，一长道一长道地从罅隙里透进来。有一道阳光落在小狗子躺着的吊箱上，落在那些吊箱子的绳子上。

一个微小的动作把他们的眼光吸引到吊箱上。奇诺和胡安娜呆呆地一动也不动了。顺着那条把孩子的箱子挂在屋梁底下的绳子，一只蝎子正慢慢地在往下爬。它那螫人的尾巴伸在后面，又平又直，可是一转眼它就可以把它竖起来的。

奇诺的呼吸在鼻孔里嘶嘶响，于是他张开嘴来止住它。然后惊骇的神情从他脸上消失了，僵硬的感觉又从他身上消失了。他脑子里响起了一支新的歌，这是"恶之歌"，敌人的音乐，家庭的任何仇敌的音乐，一种野蛮、诡秘、危险的旋律，同时，在它的下面，"家庭之歌"悲痛地呼号着。

蝎子顺着绳子轻轻地朝着箱子爬下来。胡安娜悄悄地重复着一句古老的咒语，来抵御这祸害，另外她又咬紧牙关喃喃地念了一声圣马利亚保佑。奇诺却行动起来了。他的身子悄悄地溜到屋子的那一边，平稳而毫无声息。他的手举在面前，手心向下，眼睛紧盯着蝎子。在蝎子下面的吊箱里，小狗子一面哈哈地笑着，一面把手朝着它伸了上去。当奇诺几乎够得着它的时候，蝎子感到了危险。它停住了，它的尾巴轻轻颤动着，竖了起来，尾梢的弯钩闪闪发光。

奇诺一动也不动地站住了。他听得见胡安娜又在低声地念着那古老的咒语，他也听得见敌人的音乐。要等蝎子动了他才能动，而蝎子却在探索着那正在临近的死亡的来源。奇诺的手非常缓慢、非常平稳地向前伸出去。那带钩的尾巴笔直地竖起来了。正在这一刻，哈哈笑着的小狗子摇动了绳子，蝎子掉下来了。

奇诺的手跳起来去抓它，可是蝎子从他的手指旁边漏了下去，掉在孩子的肩上，停住，并且螫着了。奇诺随即咆哮着抓住了它，抓在手指中间，在手心里把它搓得稀烂。他把它扔下去,用拳头把它打进泥地,而小狗子在箱子里疼痛得哇哇地哭喊起来。可是奇诺一直把敌人打得和踩得只剩下一点碎片和泥土中的一块湿印子。他的牙齿露了出来,怒火在他眼睛里燃烧,"敌人之歌"在他的耳朵里吼叫。

可是胡安娜这时已经把孩子抱在怀里了。她找到螯痕,周围已经开始发红了。她把嘴唇凑在螯痕上,使劲地嘬了又吐,吐了又嘬,这时小狗子一直在哇哇地哭喊。

奇诺来回转动,他不知怎么办是好,他变得碍手碍脚了。

孩子的哭喊惊动了邻居。他们都从自己的茅屋里涌了出来——奇诺的哥哥胡安·托玛斯和他的胖老婆阿帕罗妮亚,以及他们的四个孩子,挤在门口,堵住了进来的路,同时,在他们后面,别人也想朝里面看,还有一个小男孩在一堆大腿中间爬过来张望。前面的人把话传给后面的人——"蝎子。宝宝给螯了。"

胡安娜停了一会儿没有嘬伤口。小孔略微变大了些,它的边缘由于噏吸而变白了,但红肿在向周围蔓延,形成一个隆起的含淋巴的硬块。这些人全都知道蝎子的厉害。一个大人被螫之后也会病得很凶,何况一个小娃娃,很容易给毒死的。他们知道,一开头会出现红肿、发烧、喉咙会肿胀,然后腹部会痉挛起来,如果进去的毒液相当多的话,小狗子说不定还会死掉。可是螫伤的刺痛渐渐消失了。小狗子的哭喊变成了呻吟。

奇诺对于他那有耐性的、柔弱的妻子的铁一般的意志常常感到惊奇。她这个顺从、恭敬、愉快而又有耐性的女人,可以一声不吭地弓着背忍受产痛。她几乎比奇诺自己还能耐劳和挨饿。在小船上,她像一个强壮的男人一样。现在她又做了一件最惊人的事情。

"大夫,"她说,"去请大夫。"

这话传到了那些挤得紧紧的站在围着篱笆墙的小院子里的邻居们中间。他们彼此之间反复地说:"胡安娜要请大夫。"要请大夫是一件惊人的事情,一件重大的事情。把他请到将会是一件了不起的事情。大夫从来不到这堆茅屋中来的。既然他照看住在城里那些石头和灰泥的房屋里的阔人们已经忙不过来，他又何必来呢？

"他不会来的。"院子里的人们说。

"他不会来的。"门口的人们说，于是这想法也到了奇诺的脑子里。

"大夫不会来的。"奇诺对胡安娜说。

她仰起头来望着他，她的眼睛冷冷的，像一只母狮的眼睛那样。这是胡安娜的头一个孩子——这几乎就是胡安娜的世界里一切的一切。奇诺看出了她的决心，于是家庭的音乐以钢一般的调子在他脑子里响起来了。

"那么我们去找他。"胡安娜说，她随即用一只手把深蓝色披巾披在头上，用披巾的一头做成一个吊带，吊着呻吟的孩子，用另一头在他眼睛上面做成一块遮布，给他挡住亮光。门口的人往后面的人身上挤，给她让路。奇诺跟着她。他们走出篱门，踏上布满车辙的小道，邻居们跟随着他们。

这事已经变成街坊上的一桩事件。他们形成了一个迅

速的、脚步轻悄的行列，向市中心进发。最前面的是胡安娜和奇诺，他们后面是胡安·托玛斯和阿帕罗妮亚，她的大肚子随着吃力的脚步微微摇晃，然后是所有的邻居，还有孩子们在两边跟着小跑。黄澄澄的太阳把他们的黑影子投在他们面前，因此他们在自己的影子上走着。

他们来到了茅屋终止的地方，石头和灰泥的城市从这里开始，城里的房屋外面有森严的围墙，里面有阴凉的花园，园子里有小喷泉在喷水，紫茉莉藤用紫色、砖红色和白色的花叶盖住了墙。他们听到来自隐秘的花园里的笼鸟的歌唱，听到凉水喷洒在热石板上的声音。这个行列通过亮得刺眼的广场，从教堂面前走过。行列现在已经扩大，外围的那些匆匆忙忙新加入的人听人们低声讲着孩子怎么给一只蝎子螫了，他的父母又怎样在带他去看大夫。

新加入的人，尤其是从教堂前面来的乞丐们——他们是擅长财务分析的大专家，迅速地看了看胡安娜的旧蓝裙子，看到她披巾上的破洞，估了估她辫子上的绿缎带，察看了奇诺的毯子的年岁以及他那洗过千百遍的衣服，然后断定他们是穷苦人，便跟着去看会有什么样的戏演出来。教堂前面的四个乞丐知道城里的一切事情。年轻女人走进去做忏悔的时候，他们研究她们的脸色；等她们出来的时候，他们又看见她们，并且判断她们罪愆的性质。他们知道每一桩细小的丑事，也知道一些重大的罪行。在教堂的阴影里，他们睡在自己的地盘上，因此没有人能够不给他们知道而溜进去寻找慰藉。他们也知道那个大夫。他们知道他的无知、他的残忍、他的贪婪、他的嗜好、他的罪愆。他们知道他那些拙劣的堕胎手术以及他难得施舍的那些褐色的小铜钱。他们看到过他的病人的尸体给抬进教堂去。这会儿，因为早弥撒已经完了，生意也很清淡，他们便跟着行列走去；这些无止无休地渴望了解他们同胞的人们，便去看那懒惰的胖大夫会怎样对待一个给蝎子螫了的贫苦孩子。

匆匆的行列终于来到大夫住宅的围墙中间那扇巨大的大门前。他们可以听到喷水泉的飞溅声，笼鸟的歌唱声，以及长扫帚在石板上扫过的声音。从大夫的住宅里，他们还能闻到煎上等培根的气味。

奇诺踌躇了一会儿。这个大夫跟他不是同一个民族。这个大夫是另一个种族的人,那种族近四百年来打过、饿过、抢过、鄙视过奇诺的种族,并且吓住了他们,因此土人谦卑地来到他的门前。正如他一向走近这个种族中任何人的时候那样,奇诺同时感到软弱、害怕和气愤。愤怒和恐怖掺杂在一起。要他杀死这个大夫,会比跟他谈话容易得多,因为大夫的种族中所有的人跟奇诺的种族中所有的人讲起话来,就仿佛他们都是愚鲁的牲口似的。当奇诺把右手举向大门上的铁环的时候,愤怒填满了他的胸膛,敌人的喧闹的音乐在他的耳朵里震响,他的嘴唇紧紧地贴着牙齿——可是,他却举起了左手去摘帽子。铁环在门上敲打着。奇诺脱下了帽子站着等候。小狗子在胡安娜怀里微微地哼着,于是她轻轻地去哄他。行列挤拢了来,以便看得清楚一些,听得清楚一些。

过了一会儿,大门开了几寸。奇诺从那个隙缝里可以看到园子里凉爽的绿荫和小喷泉。那个向外望着他的男人跟他是一个种族。奇诺用本族的语言跟他说话："小东西——头生的——给毒蝎子咬了，"奇诺说，"他需要医师的本领。"

大门关上了一点儿，那仆人不肯用本族的语言说话。"等一会儿，"他说，"我自己去通报。"于是他关上大门，并且插紧了插销。刺眼的太阳把这群人连在一起的影子黑沉沉地投在白墙上。

大夫坐在他卧室里的高床上。他穿着巴黎运来的红纹绸长睡衣，要是扣上扣子的话胸口就有点儿紧了。他的膝上搁着一个银托盘，里面有一把银制的巧克力壶和一个薄胎瓷的小杯。杯子是那样纤巧，以至当他用大手把它举起，用拇指和食指的尖儿把它举起而把其余三个指头远远地伸开免得它们碍事的时候，那副样子真是可笑。他的眼睛陷在鼓起的小肉窝里，他的嘴角由于不满而耷拉着。他越来越胖，他的嗓音，由于喉头的脂肪太多已经变得沙哑了。他旁边的一张桌子上放着一面东方式的小锣和一盆纸烟。屋里的陈设又笨重又暗淡，阴森森的。挂的画儿都带有宗教意味，连他亡妻的着色大相片也是那样，如果她遗嘱里规定的并由她本人遗产中出钱做的那些弥撒有什么用处的话，那她该是在天堂里了。大夫有一段时期，曾经是上流社会的一分子，而他整个后来的生活就是对法兰西的忆念和恋慕。他说："那才是文明的生活呢。"——他的意思就是指当年他曾经靠着一笔小小的收入养姘头和吃馆子。他倒出了第二杯巧克力，又用手指捻碎了一小块甜饼干。从大门口来的那个仆人走到敞着的门前，站在那儿等着他看见。

"什么事儿？"大夫问。

"有个小印第安人带着个娃娃。他说孩子给蝎子螫了。"

大夫先轻轻地放下杯子，然后才让怒火上升："难道我没有别的事儿可做，只好给'小印第安人'治治虫伤吗？我是个大夫，不是兽医啊！"

"是，老爷。"仆人说。

"他有钱吗？"大夫追问，"没有，他们从来没有钱的。我，世界上只有我一个人好像应当白干活——我可腻味透了。看看他有钱没有！"

在大门口，那仆人把门开了一条缝，朝外面看了看在等候的人们。而这一回他用本族的语言说话了。

"你有钱付治疗费吗？"

于是奇诺把手伸进毯子里一个秘密的地方。他掏出一张折叠了多少层的纸。他一层又一层地把它打开，直到最后才露出八颗畸形的小珍珠，像小烂疮似的，又丑又灰黯，压得扁扁的，几乎一文不值。仆人接过纸去，又关上大门，不过这一趟他去的时间不长。他把大门开了一条缝，刚够把那张纸递回来。

"大夫出去了，"他说，"人家请了他去看一个害重病的人。"然后，因为羞耻，他急忙关上了大门。

于是一阵羞耻的感觉传遍了整个行列。他们都散开去了。乞丐们回到教堂的台阶上去，游荡的人们走开，邻居们也离开了，免得继续看着奇诺当众受辱。

奇诺在大门前面站了好久，胡安娜待在他旁边。慢吞吞地，他把他那求情的帽子戴在头上。然后，冷不防地，他用拳头狠狠地捶了大门一拳。他惊讶地低下头去，看到他的裂开的指关节和从他手指缝里往下流着的鲜血。

2

这个城在一个宽阔的港湾上,它那古老的刷着黄色灰泥的房屋紧贴沙滩。沙滩上排列着那些来自那亚里特①的白蓝二色的小船,渔民用秘方做成一种坚硬的、贝壳似的、防水的胶泥,这种胶泥把小船保存了好几代。这是些高高的、优美的小船,有弯曲的船头和船尾,船腰还有一个装着帆桁的部分,在那里可以竖起一根桅杆,挂上一张小三角帆。

海滩上铺荡了黄沙,但水边上却乱糟糟的,堆着贝壳和海藻。招潮蟹在沙中的洞穴里冒泡吐沫,浅滩上的小龙虾在乱堆和沙子中间的它们小窝里钻进钻出。海底布满爬行的、游泳的、生长着的东西。褐色的海藻在缓慢的水流中漂动,绿色的鳗草在摇摆,小海马紧紧把攀着它的梗子。有斑点的波鲐特——一种有毒的鱼——躺在海底的鳗草床里,色彩鲜艳的游泳蟹就在它们身上跑来跑去。

在沙滩上,城里的饿狗和饿猪无休止地寻觅着可能在涨潮时漂上来的死鱼或者死海马。

虽然天色还早,迷蒙的海市蜃楼已经升起了。那种把某些东西放大、又把另一些东西掩蔽起来的变幻无常的空气,笼罩着整个海湾,以致所有的景象都是不真实的,视觉也是不可靠的;海上和陆上,有的景象轮廓分明,有的又像梦一般的模糊。或许正因为如此,海湾的居民信赖精神上的东西和想象中的东西,而不信赖自己的眼睛所告诉他们的距离或者清晰的轮廓,或者任何光学上的精确性。从这小城遥望港湾的对面,一部分红树像用望远镜看到的那样轮廓分明,而另一丛红树却是一个朦胧的暗绿斑点。一部分远处的海岸在那看上去像水波似的微光中消失了。视觉不一定可靠,没法证明你看到的东西究竟存在还是不存在。于是海湾的居民以为所有的地方都是这样的,他们

---

① 墨西哥西部的一州。

也并不觉得奇怪。一片黄铜色的雾霭笼罩在水上,炎热的朝阳射在上面,使水波荡漾得刺眼。

渔民的茅屋在小城右手边的沙滩后面,那些小船就排列在这个区域的前面。

奇诺和胡安娜慢慢地走下海滩,来到奇诺的小船旁边,这是他在世界上唯一贵重的东西。船旧极了。奇诺的祖父把它从那亚里特带来,又把它传给奇诺的父亲,同样地它又传到奇诺的手里。它既是财产又是饭碗,因为有一条船的男人能够保证他的女人有饭吃。它是防御饥饿的堡垒。奇诺年年都用那坚硬的、贝壳似的胶泥重新修整他的小船,他所用的秘密方法也是他父亲传授给他的。现在他走到小船旁边,像往常那样温柔地摸摸船头。他把他的潜水石、他的篮子和两根绳子都放在小船旁边的沙上。他又把毯子叠好,放在船头。

胡安娜把小狗子放在毯子上,又把她的披巾盖在他身上,让炎热的太阳晒不着他。他现在安静了,可是他肩上的红肿已经蔓延到脖子上和耳朵后面了,他的脸孔也膨胀着，在发烧。胡安娜走到水边，蹚进浅水。她拣起一些褐色的海草，做成一块扁平的、湿润的糊药，把它敷在孩子红肿的肩膀上。这个疗法未必不如别的疗法，而且也许比那位大夫的手术还会高明些。不过这疗法却没有他的那种权威，因为它既简单又不花钱。小狗子没有发生腹部痉挛。或许胡安娜已经及时把毒液噏出来了，可是她并没有噏出她为她头生的孩子感到的忧虑。她没有直接为孩子的复元祈祷——她祈祷让他们采到一颗珍珠来请大夫给孩子医治，因为人们的脑子像海湾里的海市蜃楼一样的虚幻。

现在奇诺和胡安娜把小船从沙滩上推下水去，等船头一漂起来，胡安娜就爬了进去，同时奇诺把船尾推下水，在旁边蹚着，直到船尾也轻轻地漂了起来，在细小的碎浪上摇荡着。然后奇诺和胡安娜一齐用他们的双叶桨在海里划起来，于是小船搅皱了海水，嘶嘶响着，迅速地前进。其他的采珠船早就出去了。不久，奇诺就看到他们在烟雾中聚集在一起。停泊在养贝场的上面。

光线通过海水渗透到养贝场，在那里，带褶边的珠母牢牢贴在粗糙的海底，海底布满了破碎的、剖开的珠母的空壳。就是这个养贝场曾在过去的年代使西班牙国王一跃而为欧洲一霸，帮他支付了战费，并且为赎救他的灵魂修饰了教堂。有的珠母壳上长着裙裾似的褶边，有的珠母边上贴着一丝丝海草，身上有小螃蟹爬来爬去，壳上覆盖着蛤蜊皮。这些珠母会碰到一点意外，一粒沙子会陷在肌肉的皱褶里，刺激肌肉，直到肌肉出于自卫用一层光滑的珍珠质把沙粒裹住。这情况一旦开始，肌肉就继续包裹那外来物，直到它在浪潮的冲击中掉出来，或者直到那珠母被毁灭。多少世纪以来，人们潜入水底，把珠母从养贝场采走，剖开，寻找那些被包裹起来的沙粒。许多鱼群待在养贝场附近，为了可以靠近被采珠人扔回来的珠母，靠它过活，并且可以啃咬那些发亮的内壳。但珍珠却是偶然找到的东西，找到一颗珍珠是运气，是上帝或天神或二者一起在你背上宠爱的一拍。

奇诺有两根绳子，一根拴在一块大石头上，一根拴在篮子上。他脱下衬衣和裤子，又把帽子放在船底。水像油一样的光滑。他一手拿着石头，一手拿着篮子，然后脚先下水，从船边上溜了下去，石头便把他坠到海底。气泡在他后面冒着，直到水重又澄清、他能看见东西的时候才罢。上边，水面是一面起伏不定的、亮晶晶的镜子，他可以看到小船的底穿透水面。

奇诺小心翼翼地移动着，免得水让泥沙搅混。他一只脚钩住石头上的环子，手迅速地动着，把珠母一只只、一球球的揪了下来。他把它们搁在篮子里。有些地方，珠母彼此粘在一起，因此就被成堆地揪下来。

奇诺的民族歌唱过一切发生或存在的事物。他们给鱼作过歌，给愤怒的海和平静的海作过歌，给光明和黑暗、太阳和月亮作过歌，而这些歌都在奇诺的心里，也在全体人民的心里——每一支歌曲，甚至那些已被遗忘的歌曲。当他渐渐装满篮子的时候，奇诺的心里就有了歌，这支歌的拍子，就是他的心脏从他憋住的那口气里吸收着氧气时怦怦的跳动，这支歌的旋律就是那灰绿的海水，那来去如飞的小动物，和那些一闪即逝的鱼群。可是这支歌里还有一支内心的隐秘的小歌，几乎觉察不出，但总在那儿，甜蜜、隐秘而又执着，几乎隐藏在那对位旋律里面。这就是那"可能有的珍珠之歌"，因为每一个扔在篮子里的珠母都可能含有一颗珍珠。机会很渺茫，但是运气和天神也许会成全他的。奇诺知道，在他头顶上面的小船里，胡安娜正在施展祷告的魔术，她绷紧了脸，绷硬了肌肉，来夺取运气，从天神的手里把运气夺走，因为她需要运气来医治小狗子的红肿的肩膀。又因为需要很迫切，愿望也很迫切，那隐秘的、"可能有的珍珠"的小旋律今天早晨也就更加有力。一个个完整的乐句明朗而柔和地在"海底之歌"里出现了。

奇诺，由于他骄傲、年轻和强壮，可以毫不勉强地在水底停留两分钟以上，因此他不慌不忙地干着，挑选最大的珠母。它们受到了搅扰，贝壳都闭得紧紧的。离他右边不远，隆起一个礁岩的小丘，上面布满了还不能采的小珠母。奇诺挨着这小丘移动，然后，在他旁边，在一小块突出的礁岩下面，他看到一个非常大的珠母单独待在那里，背上没有附着同类。贝壳半开着，因为突出的礁岩保护着这个老珠母，在那嘴唇似的肌肉里，奇诺看到一道阴森森的闪光，接着贝壳就闭上了。他的心敲出一个重重的节拍，那"可能有的珍珠"的旋律在他耳朵里尖厉地震响着。慢吞吞地，他用力把那珠母揪了下来，紧紧地抓在胸口。他的脚一踢便脱离了那石头上的环子，于是他的身体浮到了水面，他的黑头发在阳光中闪耀。他举起手来越过船边，把那个珠母放进船底。

然后胡安娜稳住船让他爬了进去。他的眼睛激动得闪闪发亮，可是为了面子，他仍旧把石头拉了上来，又把他的一篮子珠母拉上来，提到船里面。胡安娜感到了他的激动，假装往别处看。过分想要一件东西是不好的。那样做有时会把运气吓跑。你要它必须要得有分寸，而且你对上帝或者天神必须非常圆通，可是胡安娜却停止了呼吸。慢条斯理地，奇诺打开了他的锋利的短刀。他沉思地看着篮子。也许最后打开那个珠母比较好吧。他从篮子里拿起一个小珠母，割破肌肉的皱褶，搜索了一层层的肉，又把它扔在水里。然后他好像头一回看到那个大珠母似的。他蹲在船底，拣起那个珠母仔细地看着。壳上的凹槽的颜色从亮闪闪的黑色到褐色，只有几块小蛤蜊皮附在贝壳上。现在奇诺倒不大情愿剖开它了。他刚才看到的，他知道，也许是一道反光，一片偶然漂进去的贝壳或者纯粹是一个幻影。在这个充满变幻不定的光线的海湾里，幻影是多于现实的。

可是胡安娜的眼睛紧盯着他，她不能再等了。她把手搁在小狗子盖着的头上。"剖开它。"她轻轻地说。

奇诺麻利地把刀插进贝壳的边缘。通过刀他可以感到肌肉在缩紧。他用刀身一撬，正在闭合着的肌肉和贝壳就分开了。嘴唇似的肌肉扭曲了起来，然后又平复下去。奇诺揭起了肉，下面就是那颗大珍珠，像月亮一样完美。它摄取光线，加以洗练，又反射出灿烂的银光。它和海鸥的蛋一般大。它是世界上最大的珍珠。

胡安娜屏住气，轻轻哼了一声。那"可能有的珍珠"的隐秘的旋律突然对奇诺响了起来，明朗、美丽、嘹亮、

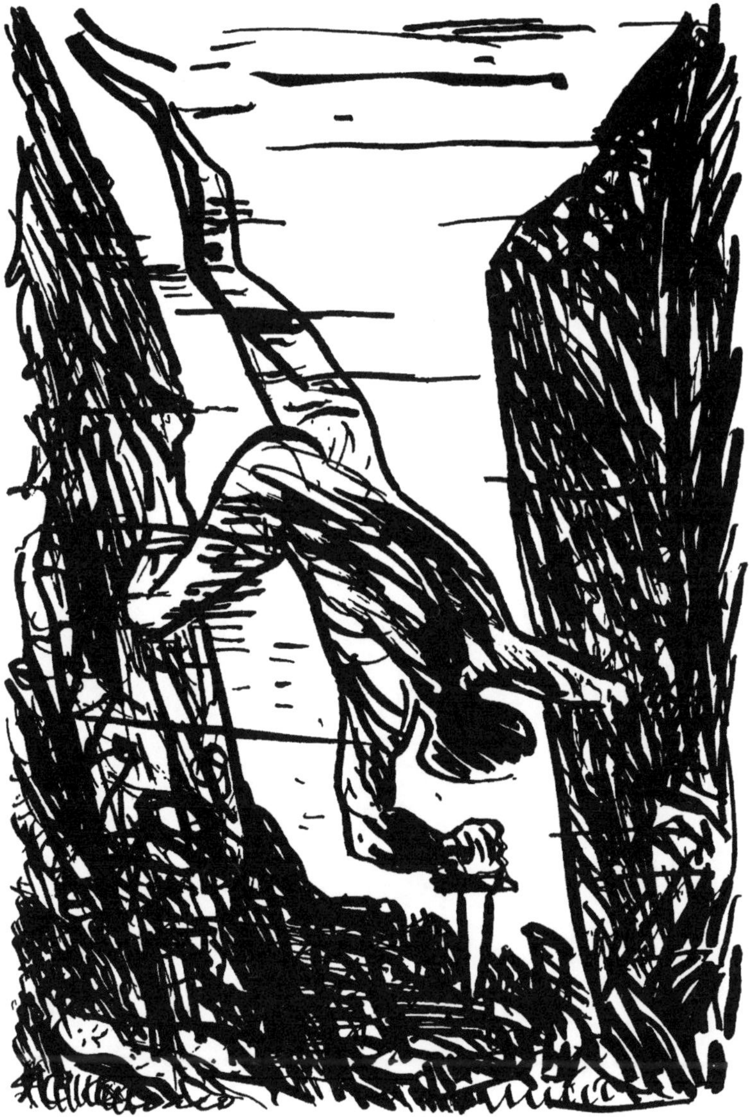

热烈、可爱、兴奋、欢快又得意。在这颗大珍珠的表面上，他可以看到梦想的形体。他从正在死亡的肉中捡起珠子，放在手心里，又把它翻转过来，看到它的曲线是完美的。胡安娜走拢来凝视着他手里的珍珠，而这就是他捶打大夫家大门的那只手，指关节上碰破的肉已经被海水泡得灰白了。

胡安娜本能地走到躺在父亲毯子上的小狗子的身边。她揭起那海草做的糊药，瞧了瞧肩膀。"奇诺。"她尖声地叫喊。

他的眼光越过珍珠，看到红肿正从孩子的肩头消失，毒也正从他的身体中消散。于是奇诺的拳头紧紧握住了珍珠，他的感情控制不住了。他把头向后一仰，号叫了起来。他的眼睛往上翻转，他大喊大叫，身体挺得笔直。别的小船里的人们惊愕地抬起头来，然后他们就把桨插进海里，飞快地朝奇诺的小船划过来。

3

一个城市就好像一种群栖的动物。一个城市有神经系统,也有头,也有肩,也有脚。一个城市也有一种整体的感情。消息怎样在一个城市传开是一件不容易解释的神秘事情。消息传起来,似乎比小男孩们争先恐后跑去告诉人家那样还要快,比女人们隔着篱笆喊着告诉邻居那样还要快。

在奇诺、胡安娜和别的渔民还没有来到奇诺的茅屋以前,这个城的神经系统已经随着这消息在跳动和震颤了——奇诺找到了"稀世宝珠"。在气喘吁吁的小男孩们还来不及讲完之前,他们的母亲已经知道了。这消息越过那些茅屋继续向前冲去,在一阵浪花飞溅的波涛中冲进那石头与灰泥的城市。它传到正在花园里散步的神父那里,使他的眼中出现一种若有所思的神情，使他想起教堂里必须进行的一些修葺。他不晓得那颗珍珠会值多少钱。他也不晓得他有没有给奇诺的孩子施过洗，或者有没有给奇诺司过婚。这消息传到开铺子的人那里，他们便看看那些销路不大好的男人衣服。

这消息传到大夫那里，他正和一个太太坐着，这女人的病就是年老，虽然她本人和大夫都不肯承认这个事实。等他弄明白奇诺是谁以后，大夫就变得既严肃又懂事了。"他是我的顾客，"大夫说，"我正在给他的孩子治蝎子螫的伤。"大夫的眼睛在它们肥胖的窝里向上翻着，他想起了巴黎。在他回忆中，他在那里住过的屋子成了一个宏大奢华的地方，跟他同居过的面貌难看的女人成了一个又美丽又体贴的少女，尽管她完全不是那么回事。大夫的眼光越过他那年老的病人，看到自己坐在巴黎的一家餐馆里，一个侍者正在打开一瓶酒。

这消息一早就传到教堂前面的乞丐们那里，使他们高兴得吃吃地笑了一阵，因为他们知道世界上没有比一个突然走运的穷人更大方的施舍者了。

奇诺找到了"稀世宝珠"。在城里，在一些小铺子里，坐着那些向渔夫收买珍珠的人。他们在椅子上坐着等待珍珠送进来，然后他们就唠叨，争吵，叫嚷，威胁，直到他们达到那渔夫肯接受的最低的价钱。可是他们杀价也不敢越过一个限度，因为曾经有一个渔夫由于绝望，把他的珍珠送给了教会。买完珍珠之后，这些收买人独自坐着，他们的手指不停地玩弄着珍珠。他们希望这些珍珠归他们所有。因为实际上并没有许多买主——只有一个买主，而他把这些代理人安置在分开的铺子里，造成一种互相竞争的假象。消息传到这些人那里，于是他们的眼睛眯了起来，他们的指尖也有一点发痒，同时每人都想到那大老板不能永远活着，一定得有人接替他。每人也都想到他只要有点本钱就可以有一个新的开端。

各式各样的人都对奇诺发生了兴趣——有东西要买的人以及有人情要央求的人。奇诺找到了"稀世宝珠"。珍珠的要素和人的要素一混合，一种奇怪的黑渣滓便沉淀了下来。每人都突然跟奇诺的珍珠发生了关系，奇诺的珍珠也进入每人的梦想、思索、企图、计划、前途、希望、需要、欲念、饥渴，只有一个人妨碍着大家，而那个人就是奇诺，因此他莫名奇妙地变成了每个人的敌人。那消息搅动了城里的一种无比肮脏、无比邪恶的东西；黑色的蒸馏液好像一只蝎子，或者像食物的香味所引起的食欲，或者像失恋时感到的寂寞。这个城的毒囊开始分泌毒液，城市便随着它的压力肿胀起来了。

可是奇诺和胡安娜并不知道这些事情。因为他们自己又快乐又兴奋，他们以为人人都分占他们的喜悦。胡安·托玛斯和阿帕罗妮亚是这样的，而他们也就是整个世界。下午，当太阳翻过半岛上的丛山沉入外海之后，奇诺蹲在他的屋子里，胡安娜待在他旁边。茅屋里挤满了邻居。奇诺手里拿着大珍珠，珠子在他手里是温暖而又有生命的。珍珠的音乐已经和家庭的音乐汇合在一起，因此二者彼此美化着。邻居们凝视着奇诺手里的珍珠。很奇怪怎么会有人交上这么好的运气。

胡安·托玛斯是奇诺的哥哥，所以蹲在他的右手边，他问："现在你成了个有钱的人，你想做什么？"

奇诺朝他的珍珠里凝视着，胡安娜垂下了睫毛，又挪动披巾把脸盖上，使得她的激动不致被人看出来。灿烂的珠光里浮现出一些东西的图画，这些东西是奇诺以前考虑过，可是因为不可能就不再想的。在珍珠里面他看到胡安娜、小狗子和他自己在大祭台前面站着和跑着，他们正在举行婚礼，因为他们现在出得起钱了。他轻声地说："我们要举行婚礼——在教堂里。"

在珍珠里面他看到他们是怎么打扮的——胡安娜披着一条新得发硬的披巾，穿着一条新裙子，从长裙子底下奇诺还可以看到她穿着鞋子呢。这就在珍珠里面——这幅图画在那里辉耀着。他自己穿着新的白衣服，手里拿着一顶新帽子——不是草的而是细黑毡的，他也穿着鞋——不是凉鞋而是系带子的皮鞋。而小狗子呢——就是他——他身着一套美国货的蓝水手服，戴着一顶游艇帽，跟奇诺有一次在一只游艇开进港湾时所看到过的一模一样。这些东西奇诺在明亮的珍珠里全都看到了,于是他说:"我们要买新衣服。"

于是珍珠的音乐像喇叭合奏一样在他的耳朵里响了起来。

接着在珍珠那可爱的灰白的表面上浮现出奇诺想要的一些小东西:一根鱼叉,顶替一年前丢失的那根,一根新的铁鱼叉,要在叉把的头上有一个环的那一种,还有——他的脑子几乎不敢往下想——一支来复枪……可是为什么不行呢,既然他这么阔了?于是奇诺在珍珠里看到了奇诺,奇诺拿着一支温彻斯特式卡宾枪。这是最荒唐的白日梦,同时也非常愉快。于是他的嘴唇犹豫地移动了——"一支来复枪,"他说,"也许一支来复枪。"

是这支来复枪破除了障碍。这本是一桩不可能的事情,既然他能想到要有一支来复枪,那么一切界限都被突破了,他也就可以继续向前迈进了。因为据说人是永远不知足的,你给他们一样东西,他们又要另一样东西。这样说本来是表示非难的,其实这正是人类所具备的最伟大的才能之一，正是这种才能使人比那些对自己已有的东西感到满足的动物优越。

邻居们一声不响地挤在屋子里，听着他那些荒唐的幻想，点着头。站在后面的一个男人小声说："一支来复枪。他想要一支来复枪。"

可是珍珠的音乐正在奇诺的心里得意地高歌着。胡安娜抬起头来，她的眼睛为了奇诺的勇气和想象而睁得大大的。电一般的力量来到他身上，因为现在界限被踢开了。在珍珠里面他看到小狗子正在一大张纸上写字。奇诺激动地盯着他的邻居们。"我儿子要上学。"他说，邻居们都不作声了。胡安娜急遽地屏住了气。当她望着他的时候，她的眼睛是明亮的，她又急忙低下头看她怀里的小狗子，要看看这究竟可能不可能。

而这时，奇诺的脸给预言照亮了。"我儿子要识字和念书，我儿子要写字并且了解所写的东西。我儿子还要会算，而这些东西可以使我们得到自由，因为他将会有知识——他会有知识，而通过他我们也就会有知识。"于是在珍珠里面奇诺又看到他自己和胡安娜蹲在茅屋的小火旁边，同时小狗子在念一本大书。"这就是这颗珍珠将要做的事。"奇诺说。他一辈子也没有一下子说过这么多话。于是突然间他害怕起来了。他的手盖住珍珠，遮断了光线。奇诺感到害怕，正如一个说"我想要"而又没有信心的人那样。

现在邻居们知道他们亲眼看到了一个大奇迹，他们知道时间从此要由奇诺的珍珠起算，并且今后许多年他们会继续谈论这个时刻。如果这些事情实现了，他们就会详细叙述奇诺是什么神情，他说过什么话，他的眼睛又怎样发亮，他们还会说："他变成了另外一个人。他得到了一种力量，于是事情就那么开始了。你看他已经成了一个多么了不起的人物，就是从那一刻开始的。而我亲眼看到了那一刻。"

如果奇诺的计划落了空，那些邻居们就会说："事情就是那么开始的。一阵愚蠢的疯狂突然支配了他，使得他说出了许多蠢话。天主保佑，别让我们遇到这种事情吧。

对啦，天主惩罚了奇诺，因为他反抗现状。你看到他结果怎样了吧。而我就亲眼看到过他失去理性的那一刻的。"

奇诺朝下看看他那只握着的手，指关节上他捶过大门的地方已经结痂并且皱紧了。

现在黄昏快到了。于是胡安娜用披巾兜住孩子，让他吊在她的屁股旁边，然后她走到灶坑面前，从灰烬中拨出一块煤，折断了几根树枝加在上面，再把火扇着了。小小的火焰在邻居们的脸上跳跃。他们知道他们也该去吃饭了，可是他们还舍不得离开。

天差不多已经黑了，胡安娜的火在篱笆墙上投下了人影，这时低语传了进来，又挨次传开去："神父来了——司铎来了。"于是男的都脱下帽子，从门口往后退，女的都把披巾拢在脸上，并且垂下了眼睛。奇诺和他的哥哥胡安·托玛斯站起来。神父走了进来——一个头发花白、上年纪的人，有着衰老的皮肤和年轻的锐眼。他认为这些人是小孩子，也把他们当小孩子看待。

"奇诺，"他轻声地说，"你取的是一个伟大的名字——而且是一个伟大的教会之父①，"他使他的话听上去好像一次祝福，"跟你同名的那个人驯服了沙漠，又纯净了你的民族的灵魂，你知道吗？书本里有的。"

奇诺迅速地低下眼看看吊在胡安娜屁股旁边的小狗子。将来有一天，他心里想，那孩子会知道书本里有什么东西以及没有什么东西。音乐已经从奇诺的脑子里消失了，可是现在，微细地、缓慢地，早晨那个旋律，邪恶的、敌人的音乐响了起来，不过声音很微弱。于是奇诺望着他的邻居们，看看是谁把这支歌带进来的。

可是神父又开口了。"我听说你发了一笔大财，找到一颗大珍珠。"

奇诺张开手把它伸了出来，神父看到珍珠的大小和美丽，便倒抽了一口气。然后他说："我希望你记得，我的孩子，向赐给了你这个宝贝的天主谢恩，并且祈求他在将来不断给你指导。"

---

① 奇诺（1645—1711），意大利耶稣会传教士，曾在墨西哥西部长期进行传教工作。

奇诺默默地点着头，倒是胡安娜轻声地说："我们一定记得，神父。现在我们要举行婚礼了。奇诺刚才那么说了。"她望着邻居们，让他们证实她的话，他们便都郑重其事地点点头。

神父说："我很高兴看到你开头的念头便是好念头。天主保佑你们，我的孩子们。"他掉转身子悄悄地离开了，于是大家让他过去。

可是奇诺的手又紧紧地握住了珍珠，他在疑心地四下张望，因为在他耳朵里，邪恶的歌和珍珠的音乐尖声地对唱着。

邻居们悄悄地走出去回家了，于是胡安娜蹲在灶火旁边，把一砂锅的煮豆子搁在小小的火焰上面。奇诺走到门口向外面望着。像往常那样，他可以闻到许多家的炉火冒出的烟，他也可以看到朦胧的星星和感到夜晚空气的潮湿，于是他把鼻子盖了起来。那只瘦狗来到他面前，摇动着身子打招呼，好像一面迎风飘扬的旗子，奇诺朝下望它，但却视而不见。他已经突破界限，进入了一个寒冷而寂寞的外界。他感到孤独而没有保护，那唧唧叫着的蟋蟀、尖声叫着的雨蛙和呱呱喊着的蛤蟆仿佛也都在播送那邪恶的旋律。奇诺微微哆嗦了一下，把毯子拉得靠鼻子更近一些。他还把珍珠拿在手里，紧紧地在手心里握着，珠子又温暖又光滑地贴在皮肤上。

在他身后，他听到胡安娜轻轻地拍着玉米饼，然后把它们放在那陶器的平锅上，奇诺感到他的家庭的温暖和安全都在他背后，"家庭之歌"像小猫轻轻哼着的声音从他背后传过来。可是现在，他凭着从嘴里说出他的未来将会是什么样子而创造了未来。一个计划是一件真实的东西，已经计划好的东西也是感觉得到的，一个计划一旦做好并摹想出来之后，就和其他的现实一道成为现实了——破坏是破坏不了的，都很容易受到打击。因此奇诺的未来是真实的，但是未来一经建立，破坏它的力量也就树立起来了，而这他是知道的，因此他不得不准备抵御打击。还有一点奇诺也是知道的——神不喜爱人们的计划，神也不喜爱成功，除非那是出于偶然的。他知道，如果一个人由于自己的努力而得到成功，神是要向人报复的。因此奇诺害怕计划，但是，既然已经做了，他就决不能再破坏它了。而且为了抵御打击，奇诺已经在为自己预备一层坚硬的皮肤来防备世界了。他的眼睛和他的脑子在危险还没有出现之前就搜索着危险。

站在门口，他看见两个男人走拢来，其中一个提着一盏手灯，灯光照亮了地面和两个人的腿。他们从奇诺的篱笆墙的入口处转进来走到他的门口。奇诺看出一个是大夫，另一个是早晨开门的那个仆人。当他看出他们是谁的时候，奇诺右手上破裂的指关节发起烧来。

大夫说："今天早晨你来的时候我不在家。可是现在，一有空，我就来看小宝宝了。"

奇诺站在门口，堵着门，憎恨在他眼睛后面愤怒地燃烧着，还有恐惧，因为几百年来的奴役深深地刻在他的心灵上。

"孩子现在差不多好了。"他简慢地说。

大夫微微一笑，但他的眼睛在布满了淋巴的小眼窝里却没有笑。

他说:"有时候,朋友,蝎子的螫伤有一种奇怪的后果。起初表面上见好,然后出其不意地——噗!"他噘起嘴发出一个轻微的爆破声来表示那会发生得多么快,他又挪了挪他那个小小的黑色的大夫用的手提皮包,让灯光落在上面,因为他知道奇诺的种族喜爱任何行业的工具并且信任它们。"有时候,"大夫用流畅的语调接着说,"有时候会使人的腿干瘪掉,眼睛瞎掉一只,或者成了驼背。哦,我知道蝎子螫伤是怎么回事,朋友,我会把它治好。"

奇诺感到愤怒和憎恨在化成恐惧。他不懂,而大夫也许是懂的。他不能冒险,拿他的肯定的无知来对抗这个人的可能有的知识。他落在陷阱里了,正如他的同胞一向那样,以及将来那样,直到——像他所说的——他们能确实知道所谓书本里的东西的确是记载在书本里的。他不能冒险——不能拿小狗子的性命或者身体的健全来冒险。他站开了,让大夫和他的仆人走进茅屋去。

他走进去的时候,胡安娜从灶旁站起来倒退着走开,她又用披巾的穗子盖住孩子的脸。当大夫走到她面前伸出手的时候,她抱紧了孩子朝奇诺看着,奇诺站在一旁,火的影子在他脸上跳动着。

奇诺点点头,她这才让大夫把孩子抱过去。

"把灯举起来。"大夫说,仆人把手灯举高之后,大夫看了一会孩子肩上的伤。他沉思了一会儿,然后翻开孩子的眼睑看了看眼球。小狗子在跟他挣扎,可他只是点了点头。

"正如我料到的那样,"他说,"毒已经进去了,很快就要发作。过来,你瞧!"他按住了眼睑。"瞧——它是蓝的。"奇诺焦急地瞧瞧,看到它果真有点儿蓝。他也不知道它是否一向就有点儿蓝。可是陷阱已经设好了。他不能冒险。

大夫的眼睛在它们的小眼窝里浮出了眼水。"我要给他一点药来败败毒。"他说。接着他把孩子递给奇诺。

于是他便从皮包里取出一小瓶白色的粉末和一个胶囊。他在胶囊里装满了粉末又盖了起来,然后在第一个胶囊外面又套上第二个胶囊，也盖了起来。然后他非常麻利地动作着。他把孩子抱过来，掐他的下唇，直到他张开了嘴。他的胖手指把胶囊放到孩子的舌根他吐不出来的地方，然后从地上拿起盛着龙舌兰汁的小水壶给小狗子喂了一口，这就完了。他又看看孩子的眼球，然后他噘起嘴来，好像是在思索。

他终于把孩子递回给胡安娜，然后转身向着奇诺。"我想一小时内毒就会发作，"他说，"这药也许可以使小宝宝不受伤害，不过我一小时之内还要来一次。也许我正赶上救他的命。"他深深地吸了一口气便走出小屋，他的仆人提着手灯跟随着他。

现在胡安娜把孩子包在披巾里，她又焦急又害怕地盯着他看。奇诺走到她面前，揭起披巾盯着孩子看。他挪动了手想去看看眼睑下面，这才发现珍珠还在他手里。于是他走到靠墙的一个箱子前面，从里面取出了一块破布。他把珍珠包在破布里面，然后走到茅屋的角上，用手指在泥地上挖了一个小洞，把珍珠放在洞里，盖上土，又掩蔽了那个地方。然后他走到火的面前,胡安娜在那里蹲着,注视着孩子的脸。

大夫回到家里,在椅子上坐定,看了看表。他的仆人给他端来一顿简单的晚餐,有巧克力、甜点心和水果,而他不满地瞪着这些食物。

在邻居们的屋子里,人们头一次谈起在今后很长的时间内将要在所有的谈话中占首要地位的那个话题,要看一看谈起来情形怎样。邻居们伸出大拇指彼此比画那颗珍珠有多么大,他们又做出种种抚爱的小手势表示它多么可爱。今后他们要非常密切地注意奇诺和胡安娜,看财富是否会像冲昏所有人的头脑那样,也冲昏了他们的头脑。人人都明白大夫为什么来的。他伪装得不大高明,因此完全被人看穿了。

在外面的港湾里有一群密集的小点闪闪地发光,浮到水面来逃避一群闯进来吃它们的大鱼。在屋子里面人们可以听到屠杀进行时小鱼的啾啾声和大鱼跳跃的溅拍声。水蒸气从海湾中升起,结成盐水珠子落在灌木丛和仙人掌上，落在小树上。夜耗子在地面上爬来爬去，小猫头鹰一声不响地追捕着它们。

眼睛上面有火焰般斑点的那条瘦嶙嶙的小黑狗来到奇诺的门口，伸头朝里面张望。当奇诺抬起头来瞧它一眼的时候，它把臀部摆动得都快散开了，奇诺把头一转过去，它又平静了下来。小狗没有走进屋子，可是它带着狂热的兴趣望着奇诺从小瓦盘里吃豆子，又望着他用一块玉米饼把盘子擦干净，吃了饼，又用龙舌兰汁把这些东西送下去。

奇诺吃完饭正在卷一支纸烟，忽然胡安娜急促地喊了起来，"奇诺。"他瞧了她一眼便站起来，赶快走到她面前，因为他从她眼睛里看到了恐惧。他站在她旁边，弯着身子朝下看，可是光线非常暗淡。他把一堆小柴枝踢进灶坑去燃起一阵烈火，这样一来，他可以看到小狗子的脸了。孩子的脸是通红的，他的喉咙在抽动，一道黏黏的唾液从他的嘴唇中间流了出来。腹部肌肉的痉挛开始了，孩子病得很厉害。

奇诺跪在妻子身旁。"原来大夫果真知道。"他说，他不单说给妻子听,也在说给自己听,因为他的心是冷峻而多疑的,他也想起了那白色的粉末。胡安娜左右摇晃着,哼出了那小小的"家庭之歌",仿佛它能够击退危险似的,这时孩子在她怀里一面吐着,一面折腾着。现在奇诺心里产生了疑惧,邪恶的音乐便在他头脑里震响了起来,几乎驱走了胡安娜的歌。

大夫喝完了巧克力,一点点地咬着甜点心的碎片。他在餐巾上擦擦手指,看看表,站了起来,拿起了他的小手提包。

孩子得病的消息在茅屋丛中迅速地传开了,因为在穷人的仇敌中,疾病的地位仅次于饥饿。有人轻轻地说:"你瞧,幸运带来恶毒的朋友。"他们点点头,站起来到奇诺家去。邻居们盖住鼻子,在黑暗中急急地跑着,直到他们又挤进了奇诺的屋子。他们站在那里凝神看着,同时三言两语地谈论着在一个喜庆的时候发生这种事是多么不幸,他们还说:"一切事情都操控在天主的手里。"老年的妇女在胡安娜旁边蹲下,要能帮忙就给她帮点儿忙,要不能帮忙就给她点安慰。

这时大夫匆匆忙忙地进来了,后面跟着他的仆人。他把那些老太婆像小鸡一样地赶散了。他抱起孩子,仔细看看,又摸摸他的脑袋。"毒已经发作了,"他说,"我想我能够打败它。我一定尽我的力量。"他要了一杯水,在水杯里放进三滴阿摩尼亚,然后他扳开孩子的嘴,把它灌了下去。孩子受着治疗,一面溅着唾沫一面尖声地喊叫,同时胡安娜用惊惶的眼睛望着他。大夫一面干活儿一面说点儿话。"幸而我懂得蝎子的毒,要不然——"于是他耸耸肩膀,表示可能会发生什么事情。

但是奇诺很疑心,他不能把他的视线从大夫敞开的提包上、从里面的那瓶白粉末上移开。渐渐地,痉挛平息了,孩子也在大夫的手下面松弛了。然后小狗子深深地舒了一口气便睡去,因为他吐得累极了。

大夫把孩子放在胡安娜的怀里。"他现在就会好了,"他说,"这一仗我打胜了。"胡安娜满怀崇敬地望着他。

现在大夫关他的提包了。他说:"你看你什么时候能够付这笔账？"他的口气甚至是和蔼的。

"等我卖掉我的珍珠我就付给你。"奇诺说。

"你有一颗珍珠？一颗好珍珠吗？"大夫满怀兴趣地问。

这时邻居们异口同声地插进来说了。"他找到了稀世宝珠。"他们嚷道，同时他们把食指和拇指凑在一起来表示那颗珍珠有多么大。

"奇诺要成为阔人了，"他们叫嚷，"还没有人看到过这样的珍珠呢。"

大夫露出惊讶的样子。"我倒没有听说。你把这颗珍珠放在一个安全的地方了吗？也许你乐意让我把它存在我的保险箱里吧？"

奇诺的眼睛现在眯上了，他的脸颊绷得紧紧的。"我把它收好了，"他说，"明天我把它卖掉，然后我就付你的钱。"

大夫耸耸肩膀，他的湿漉漉的眼睛一刻都不离开奇诺的眼睛。他知道珍珠一定埋在屋子里，他又想奇诺说不定会朝着埋珍珠的地方看的。"要是还不等你卖掉就让人偷走，那就太可惜了。"大夫说，随即他看到奇诺的眼睛不由自主地朝着茅屋侧面的柱子近旁的地面上溜过去。

当大夫已经离开，邻居们也都不大情愿地回家之后，奇诺蹲在灶坑里通红的小煤块旁边，倾听着夜晚的声音，那小浪轻轻拍岸的声音和远处的狗叫，微风掠过茅屋的屋顶的声音和村中邻居们在他们屋子里的低语，原来这些人并不整夜酣睡；他们不时地醒来，说说话，然后又睡去。过了一会儿，奇诺站了起来，走到他屋子的门口。

他闻闻风，听听有没有鬼鬼祟祟或者偷偷摸摸的不寻常的声音，他的眼睛搜索着暗处，因为邪恶的音乐在他脑子里响着，而他又激愤又害怕。在他用感官探查过夜晚以后，他走到那侧面的柱子旁边埋珍珠的地方，把珠子挖出来，拿到睡席上去，然后在睡席下面的泥地上又挖了一个小洞，埋起他的珍珠，又把它盖好。

胡安娜坐在灶坑旁边，用询问的眼光望着他，等他埋好了珍珠之后，她问："你怕谁？"

奇诺寻求一个真实的回答,他终于说:"所有的人。"他感到一层硬壳渐渐把他包了起来。

过了一会儿,他们俩一齐在睡席上躺下,胡安娜今夜没有把孩子放在吊箱里,而是搂在自己怀里,用披巾盖住他的脸。接着最后的亮光从灶坑里的余烬中消失了。

但是奇诺的脑子还在燃烧,甚至在他睡着的时候,他也梦见小狗子会念书了,他自己民族中的一个人能够告诉他事物的真相了。在他的梦中,小狗子念着一本跟一座房子一般大的书,上面有跟狗一般大的字母,那些字儿在书上奔驰和游戏。然后黑暗笼罩了书页,邪恶的音乐又随着黑暗来到了,于是奇诺在睡梦中翻腾着,他一翻腾,胡安娜的眼睛就在黑暗中睁开。接着奇诺醒了过来,邪恶的音乐在他心里跳动,他便竖起耳朵在黑暗中躺着。

这时从屋子的角上传来一个响声,轻得仿佛只不过是一个念头、一个偷偷摸摸的小动作、一只脚在地面上的一碰、一阵被抑制得几乎听不见的呼吸。奇诺屏息听着,他知道,屋里的那个阴暗的东西也在屏着气听。有一会儿茅屋的角上一点儿声音也没有。奇诺本来也许会以为那声音是他想象出来的。但是胡安娜的手悄悄地伸了过来向他警告，接着那声音又来了！——一只脚擦在干燥的土地上的沙沙声和手指在泥土中扒弄的声音。

于是奇诺胸中涌起了一种狂乱的恐惧，而像往常那样，愤怒又紧跟着恐惧一同来到。奇诺的手悄悄地伸进了胸口，在那里，他的刀吊在一根绳子上，然后他像一只怒猫似的跳了起来，一面扎着，一面怒吼着，向他知道是在屋角的那个阴暗的东西扑过去。他碰到了布，用刀扎过去没扎中，又扎了一下就觉得刀子扎穿了布，然后他的脑袋给雷劈着似的疼痛得炸开了。门口有一阵轻轻的疾走声，又有一阵奔跑的脚步声，然后是一片寂静。

奇诺可以感到温热的血从他的前额往下流着，他也可以听到胡安娜朝他喊着"奇诺！奇诺！"。她的声音里带有恐惧。然后冷静像愤怒一样迅速地控制了他，于是他说："我没什么。那东西走掉了。"

他摸索着走回到席子上。胡安娜已经在弄火了。她从煤炭中拨出一块火炭儿，把玉米壳扯成小片加在上面，又在玉米壳里吹起一个小火焰，于是一个小小的火光在茅屋里跳跃着。然后，胡安娜从一个隐秘的地方拿来一小截供献的蜡烛，在火焰上点着之后竖在一块灶石上。她动作得很快，一边走动一边低声哼唱着。她把披巾的一端在水里浸湿，又把血从奇诺的破裂的前额上擦掉。"这不算什么。"奇诺说，但是他的眼睛和声音又严峻又冷酷，一种郁结的仇恨正在他的心里滋长。

现在，胡安娜心里早已在增长的紧张情绪涌到表面来了，她的嘴唇也变薄了。"这东西是邪恶的，"她粗声地说，"这颗珍珠就像一桩罪恶！它会把我们毁掉的，"接着她的声音变得又高又尖了，"把它扔掉，奇诺。我们用两块石头把它压碎吧。我们把它埋起来并且忘掉埋藏的地方吧。我们把它扔回到海里去吧。它带来了祸害。奇诺，我的丈夫，它会把我们毁掉的。"在火光里，她的嘴唇和她的眼睛都洋溢着恐惧。

但是奇诺的脸一动也不动，他的心和他的意志也不动摇。"这是我们唯一的机会，"他说，"我们的儿子一定得进学校。他一定得打破这个把我们关在里面的罐子。"

"它会把我们都毁掉的，"胡安娜大声说，"甚至我们的儿子。"

"别响，"奇诺说，"别再多说啦。明天早晨我们就把珍珠卖掉，然后祸就消失了，只有福留下来。别响啦，我的妻子。"他的黑眼睛瞪着那个小火焰，这时他才发现他的刀还在手里，于是他举起刀身看看，发现钢上面有一小道血迹。有一会儿他似乎打算在他的裤子上擦擦刀身，可是随后他把刀扎进了土地，就这样把它擦干净了。

远处的公鸡开始叫唤，空气也变了，黎明快到了。晨风吹皱了港湾里的水，也从红树丛中飒飒地吹过，小浪更急地打在有堆积物的沙滩上。奇诺掀起睡席，把珍珠挖出，搁在面前呆呆地看着。

珍珠在小蜡烛的亮光中闪烁着，以它的美丽哄骗着他的脑子。它是那么可爱，那么柔和，并且发出了自己的音乐——希望和欢乐的音乐，对未来、对舒适、对安全都做了保证。温暖的珠光许给了一剂抵抗疾病的糊药和一堵抵御侮辱的墙。它向饥饿关上了大门。当奇诺盯着它的时候,他的眼睛变柔和了,他的脸也轻松了,他可以看到供献用的蜡烛的小影子反映在珍珠的柔和的表面上,同时他耳朵里又听到那可爱的海底的音乐,海底绿色的四散的光芒的调子。胡安娜偷偷地瞧了他一眼,看到他在微笑。因为他们俩在某一方面说来是一个人,怀着一个目的,她也和他一道笑了。

于是他们怀着希望开始了这一天。

4

一个小城怎样不断注意着它自己以及它所有的单位的动态,那是令人惊异的。如果每一个男人和女人,每一个儿童和婴儿,都按照大家熟悉的常规行动和做人,也不冲破任何的墙,也不跟任何人意见不同,也不标新立异,也不生病,也不危害城市的心灵的安适和宁静或者生活的平稳不断的流动,那么那个单位就可以消失而且连提也不必提起。但是只要有一个人越出习惯的想法或者大家熟悉和信赖的常规,全城居民的神经系统便紧张地响起来,消息便沿着城市的神经线传开了。然后各个单位都跟整体通消息。

因此,在拉巴斯①,全城一清早就都知道奇诺那一天要去卖珍珠。消息传到茅屋中的邻居的中间,传到采珠人的中间,传到中国杂货店的老板们中间。消息传到教堂里,因为辅祭的男孩子们交头接耳地谈论着;消息悄悄地来到修女们中间,教堂前面的乞丐们谈论着它,因为他们要在场领取一小部分幸运初结的果实。小男孩们听到这个消息很兴奋,可是最重要的是那些收买珍珠的人。天大亮之后,在那些珍珠收买人的铺子里,各人都单独坐着,面前摆着黑天鹅绒的小托盘,各人都一面用指尖把珍珠滚来滚去,一面考虑着他自己在这幅图画里所占的地位。

大家以为那些珍珠收买人是一个个单干的人,他们竞相出价来收买渔民拿来的珍珠。有一度曾经是这样的。但这是一种浪费的方法,因为在兴奋地出价竞买一颗珍珠的时候,付给渔民的价钱往往会太大。这种方法太划不来,决不能助长。现在只有一个有许多只手的珍珠收买人,因此那些坐在铺子里等候着奇诺的人都知道他们将出什么价钱,他们出价将出到多高,以及各人将使用什么方法。尽管这些人除了薪水之外得不到别的好处,他们却都很兴

---

① 墨西哥西北部下加利福尼亚南区的海港。采珠业中心。

奋，因为追逐当中就有刺激，并且如果一个人的本分在于压低价钱，那么他从尽量压价当中一定会得到快乐和满足。要知道，世界上人人都是努力尽自己本分的，没有一个人不尽自己最大的努力，不论他对这件事情的看法怎么样。且别说他们可能得到什么奖赏、什么赞扬、什么提升，一个珍珠收买人就是两个珍珠收买人，谁用最低的价钱买到珍珠，谁就是最好和最快乐的珍珠收买人。

那天早晨太阳是浓黄的，它从港湾和海湾里吸起水蒸气，又把它化成一条条闪亮的纱巾挂在空中，因此空气颤动着，而景象是虚幻的。一幅幻景悬在城市以北的空中——两百多里以外的一座山的幻景，这座山的高坡上长满了松树，还有一个巨大的石峰高耸在森林线之上。

这天早晨那些小船都排列在沙滩上，渔人们没有出去采珍珠，因为在奇诺去卖大珍珠的时候，将会有那么多的事情发生，那么多的东西可看。

在岸边的那些茅屋里，奇诺的邻居们这顿早饭吃得特别久，他们谈论如果他们找到了那颗珍珠，他们打算做什么。有一个人说他要把它作为礼物送给罗马的教皇。另一个人说他要为他这一家人的灵魂献一千年的弥撒。另一个人想他或许把那笔钱拿来分散给拉巴斯的穷人。第四个人想到一个人用珍珠卖得的钱所能做的各种好事,想到一个人有了钱以后所能举办的各种慈善、救济事业,各种济良工作。所有的邻居都希望意外之财不会冲昏奇诺的头脑,不会把他变成一个大阔佬,不会把贪婪、仇恨和冷酷的肢体移接在他的身上。因为奇诺是一个大家喜爱的人,如果这颗珍珠毁了他,那未免太可惜了。他们说:"那个好媳妇胡安娜,那个美丽的孩子小狗子,还有今后要生的其他的孩子,如果这颗珍珠把他们全都给毁了,那会是多么不幸的事儿。"

对于奇诺和胡安娜来说,这是他们一生里早晨之中的早晨,只有孩子出世的那天才能和它相比,这个日子将决定所有其他日子的排列。他们会这样说,"那是在我们卖那颗珍珠的两年以前",或者"那是在我们卖那颗珍珠的六个星期之后"。胡安娜这样考虑着,便把谨慎抛到了九霄云外,于是她替小狗子穿上她准备在有钱为他领洗的时候给他穿着受洗的衣服。胡安娜梳好自己的头发,打成辫子,用红缎带在辫梢上扎了两个蝴蝶结,又穿上了她结婚时穿的裙子和背心。等他们准备好,太阳已经高高的了。奇诺的褴褛的白衣服至少还干净,并且这是他衣服褴褛的最后一天了。因为明天,或者就在今天下午,他便会有新衣服了。

邻居们从他们的茅屋的缝隙里望着奇诺的门,他们也打扮好了。他们对于陪同奇诺和胡安娜去卖珍珠,并没有不自然的感觉。这是理所当然的,这是一个历史性的时刻,他们要是不去才是疯了呢。那简直就是一个不友好的表示。

胡安娜仔仔细细地围好了披巾,她把长的一头搭在右胳膊肘下面,又用右手把它拢住,这样胳膊下面便有了一个小吊床,在这个小吊床里她放下了小狗子,让他靠在披巾上,这样一来,他就什么都可以看见,而且也许还会记住呢。奇诺戴上他的大草帽,用手摸摸看是不是戴得正合适，他不要太后或是太斜，像一个轻浮的、不负责任的单身汉那样，也不要像一个年长的人那样戴得端端正正的，而是微微向前倾斜，表现出进取、严肃和强劲的精神。从一个人戴的帽子的倾斜度里可以看到很多东西。奇诺把脚伸进凉鞋，把后跟上的皮带拉上来扣好了。大珍珠包在一块旧的、柔软的鹿皮里，又放在一个小皮口袋里，皮口袋又放在奇诺的衬衣口袋里。他仔仔细细地把他的毯子叠成一个细长条搭在左肩上，现在他们都准备停当了。

奇诺庄严地走出屋子，胡安娜跟着他，带着小狗子。当他们沿着那条被大水冲洗过的小路向城里进发的时候，邻居们和他们会合了。房子吐出人来，门口吐出孩子来。可是由于事情的重大，只有一个人挨着奇诺走，那就是他的哥哥胡安·托玛斯。

胡安·托玛斯在关照他的弟弟。"你一定要小心，别让他们欺骗你。"他说。

奇诺表示同意："是得非常小心。"

"我们不知道别处出些什么价钱，"胡安·托玛斯说,"如果我们不知道珍珠收买人把这颗珍珠拿到另一个地方卖多少钱,我们怎么能知道什么是公平的价钱呢?"

"这话说得不错,"奇诺说,"可是我们怎么能知道呢?我们在这儿,我们不在别处。"

他们一路向城里走去的时候,跟在他们后面的人越来越多,于是胡安·托玛斯,纯粹由于神经紧张,继续往下说。

"在你没出世之前,奇诺,"他说,"老一辈的人想出过一个把珍珠多卖点儿钱的办法。他们想,如果他们有一个代理人,这个人把大家的珍珠都带到首都去卖掉,只拿他那一份利润,那就会好多了。"

奇诺点点头。"我知道,"他说,"那是个好主意。"

"他们果真找了这样一个人,"胡安·托玛斯说,"他们把珍珠都聚在一起,打发他动身了。他一去就没有消息,珍珠也都损失了。后来他们又找了一个人,又打发他动身,他也一去就没有消息了。于是他们放弃了这个主意,还是用老办法。"

"我知道，"奇诺说，"我听爸爸讲过。那是个好主意，但是违反宗教，神父把这点说得很清楚。珍珠的损失是对那些企图离开自己岗位的人的一种惩罚。神父讲得很清楚，每个男人和女人就好像是天主派来守卫宇宙这座城堡的某个部分的士兵。有人在城墙上，有人在城里面的黑暗深处。可是每人都必须忠于他的岗位，决不能跑来跑去，要不然这座城堡就会受到地狱的攻打陷入危险。"

"我听他讲过那篇道理，"胡安·托玛斯说，"他每年都讲一遍。"

亲兄俩向前走着的时候微微眯着眼。自从那些外国人挟着说教和威权，以及支持这二者的火药来到这里之后，他们，他们的祖父们以及他们的曾祖父们四百年来一直就是那样的。在这四百年中奇诺的同胞只学会了一种防卫的方法——眼睛微微一眯，嘴唇微微闭紧，还有就是退避。什么也不能推倒这堵墙，而他们在墙内可以保全自己。

那越来越大的行列是庄严的，因为他们意识到这个日子的重要，而任何儿童，只要一露出想打架、乱喊乱叫、偷帽子和揪头发的意思，就给大人嘘得不敢响了。这个日子是这样重要，连一个老头子也骑在他侄儿的壮健的肩上来看了。队伍离开那些茅屋，进入石头和灰泥的城市，这里的街道略为宽一些，房屋旁边还有狭窄的便道。像上次一样，当队伍经过教堂的时候，乞丐们参加了进来。当他们走过杂货店的时候，杂货店的老板们朝外面望着他们，那些小酒吧间失去了主顾，老板们便关上大门，也跟着一道去了。太阳晒在城里的街道上，连碎小的石块也在地面投下了影子。

队伍临近的消息跑在队伍的前面，于是在那些阴暗的小铺子里，那些珍珠收买人紧张起来了，也机警起来了。他们拿出一些票据，以便在奇诺到达时可以装出在工作，他们又把他们的珍珠收到桌子里面去，因为让一颗寒伧的珍珠挨着一颗美丽的珍珠给人看是要不得的。而关于奇诺的珍珠有多么美丽的消息已经传来了。收买珍珠的铺子都聚集在一条狭窄的街上，窗户外面钉着横木，木条遮断光线，因此只有一种柔和的幽光进入铺子里面。

一个肥胖迟缓的男人坐在一间铺子里等待着。他的脸孔像父亲一般的慈祥，他的眼睛里闪耀着友谊的光芒。他是一个喜欢招呼"您早"的人，一个多礼的握手家，一个知道所有的笑话却又随时流露出悲伤的人，因为在一阵笑声当中他会记起你姑母的逝世，他的眼睛便会为了你的不幸而伤心得落下泪来。这天早晨他在桌上的花瓶里插了一朵花，单独一朵鲜红的木槿花，花瓶就摆在他面前黑天鹅绒镶里的珍珠托盘旁边。他的脸刮得露出了胡子的青筋，他的手洗得干干净净，他的手指甲修得整整齐齐。他的门对着早晨敞开着，他一面轻轻地哼唱，一面他的右手练着戏法。他把一个小钱在指关节上滚来滚去，让它忽隐忽现，让它旋转和闪亮。小钱闪现出来了，又同样迅速地不见了，而这人连看也不看自己的动作。当他的手指机械地、精确地做着这一切的时候，这人一面嘴里哼唱，一面朝门外觑着。然后他听到临近的人群的脚步声，于是他右手的指头动得越来越快，直到奇诺的身躯堵在门口，小钱才闪了一闪，不见了。

"您早,朋友,"那胖子说,"有什么贵干?"

奇诺凝神朝着这小铺子的幽暗处望着,因为他的眼睛给外面的亮光炫得挤在一起,睁不开了。但是收买人的眼睛却变得像鹰眼一样又沉着又残酷,一眨也不眨,而他脸上的其他部分却迎人笑着。同时隐秘地,在他桌子后面,他的右手玩弄着小钱。

"我有一颗珍珠。"奇诺说。胡安·托玛斯站在他旁边,听到这种轻描淡写的说法鼻子里轻轻哼了一声。邻居们围在门口凝神看着,一溜小男孩爬到窗外的木条上朝里面观望。好几个小男孩伏在地上,从奇诺的两条腿的旁边看着这个场面。

"你有一颗珍珠,"珍珠商说,"有时候有人拿来一打。好吧,我们瞧瞧你的珍珠。我们给它估一估,再给你一个最好的价钱。"同时他的手指飞快地滚动着小钱。

奇诺本能地知道他自己的戏剧效果。慢吞吞地,他掏出皮口袋,又慢吞吞地从里面取出那块软而脏的鹿皮,然后他让那颗大珍珠滚进黑天鹅绒的托盘,随即他的眼睛就去看收买人的脸。但是没有表情，没有动作，那张脸上没有变化，可是桌子后面那只隐秘的手却突然失去了精确性。小钱在一个指关节上碰倒了，无声地滚到珍珠商的膝上。桌子后面的手指拳成了拳头。右手从隐藏中的地方一出来，食指便去摸大珍珠，在黑天鹅绒上滚动它；拇指和食指把它捡了起来，拿到珍珠商的眼前，在空中滴溜溜地转动着。

奇诺屏着气，邻居们也屏着气，同时低语声在人群中往后面传开了："他正在细细地看它——还没有提价钱哩——他们还没有谈妥价钱。"

现在珍珠商的手变成了一个人。这只手把大珍珠扔回到托盘里，食指戳它，又侮辱它，同时珍珠商的脸上露出凄惨而轻蔑的笑容。

"我很抱歉，朋友。"他说，同时他的肩膀微微耸起，表示这不幸并不是他的过错。

"这是一颗非常值钱的珍珠。"奇诺说。

珍珠商的手指推开了珍珠，以致它跳了起来，又从天鹅绒托盘的边上轻轻地反跳回去。

"你听说过傻子的黄金①吧,"珍珠商说,"这颗珍珠就像傻子的黄金一样。它太大啦。有谁会买呢?这种东西是没有市场的。它只不过是一个希奇的玩意儿。我很抱歉。你以为它是一件值钱的东西,而它只不过是一个希奇的玩意儿。"

现在奇诺的脸色又惶惑又懊恼。"这是稀世宝珠,"他大声地说,"从来还没有人看到过这样的珍珠。"

"恰恰相反,"珍珠商说,"它又大又笨。作为一件希奇玩意儿,它还有趣;一个博物馆也许会要它,把它和一套海洋贝壳收藏在一起。我可以给你,呃,就算一千比索吧。"

奇诺的脸色变得又阴沉又凶狠了。"它值百万,"他说,"你是知道的。你想要欺骗我。"

同时珍珠商听到一阵喃喃抱怨的声音在人群中传开,当他们听到他的价钱的时候。于是珍珠商感到一阵轻微的

---

① 黄铁矿,色金黄。

颤栗。

"别怪我,"他赶紧说,"我只不过是一个估价的人。问问别的人好啦。到他们铺子里去,把你的珍珠给他们看看——或者不如让他们到这儿来吧,这样你可以看见我们并没有什么串通勾结。伙计,"他喊,他的仆人从里边的门把脑袋探进来张望,"伙计,到某人那儿去,还有某某人,再还有某某人。请他们到这儿来一下,也别告诉他们干什么。就说我乐意见见他们。"于是他的右手回到桌子后面,又从口袋里掏出一个小钱,接着小钱便在指关节上面来来回回地滚动着。

奇诺的邻居们交头接耳地谈论着。他们曾经担心会有这一类的事情。这颗珍珠很大,但是它有一种奇怪的色彩。他们从一开头就是怀疑它的。况且,一千比索毕竟不该白白扔掉。对于一个没有钱的人来说,这是相当可观的一笔钱。那么奇诺接受一千比索得啦。就在昨天他还一个子儿也没有哩。

但是奇诺已经变得又坚定又顽强了。他感到命运的爬动，豺狼的包围，兀鹫的翱翔。他感到邪恶正在周围凝结，而他却没有办法来保护自己。他耳朵里听到邪恶的音乐。而大珍珠在黑天鹅绒上闪耀着，以致珍珠商没法把视线从那上面移开。

门口的人群摇晃着让出路来，放进了三个珍珠商。人群现在沉默了，恐怕错过一句话，看漏一个手势或者一个表情。奇诺沉默地注视着。他感到背后有人轻轻拉他一下，他掉转头便碰到胡安娜的眼光，等他再把脸转过去的时候，他便有了新的力量。

珍珠商们既没有彼此看一看，也没有看一看珍珠。桌子后面的那个人说："我给这颗珍珠估了个价。这位卖主认为不公平。我想请诸位来检验一下这个——这个玩意儿，出个价钱。请你注意，"他对奇诺说，"我可没有提到我出的价钱。"

第一个珍珠商，一个干巴巴的、瘦得露出青筋的人，似乎现在方才看到那颗珍珠。他捡起珍珠，迅速地在拇指和食指之间转动着，然后轻蔑地把它扔回到托盘里。

"别让我参加讨论，"他干巴巴地说，"我压根儿不出价。我不要它。这不是一颗珍珠——这是个怪物。"

现在第二个珍珠商，一个声音羞怯而柔和的小个子，捡起珍珠，仔细端详着。他从口袋里掏出一面放大镜，把珍珠放在下面检查。然后他轻轻地一笑。

"人造珍珠都比它强，"他说，"我知道这些玩意儿。这珠子又软又酥，几个月之内就会失去光泽，变成废物。你瞧——"他把镜子递给奇诺，教给他怎么用，于是奇诺——他从来没看到过一颗放大的珍珠的表面——看见那怪模怪样的表面，不由得大吃一惊。

第三个珍珠商从奇诺手里把珍珠拿过去。"我有个主顾喜欢这些玩意儿，"他说，"我愿意出五百比索，也许我能以六百卖给我的主顾。"

奇诺飞快地伸出手去，从他手里把珍珠抢走。他把它包在鹿皮里，又塞进了他的衬衣。

桌子后面那个人说："我是个傻瓜，我知道，可是我开头出的价钱还是算数的。我还出一千。你这是干什么?"当奇诺把珍珠揣在怀里的时候,他问。

"我受骗了,"奇诺愤激地喊,"我的珍珠不在这儿卖了。我上别处去,说不定要上首都去。"

现在珍珠商们彼此迅速地看了一眼。他们知道他们搞得太狠了,他们知道他们要是买不成就会挨罚的,于是桌后面的那个人赶忙说:"我可以加到一千五百。"

但是奇诺已经在从人群中往外挤了。嗡嗡的谈话声隐隐约约地传过来,愤怒之下,血液在他耳朵里砰砰地响着,于是他挤到外面迈着大步子走开了。胡安娜急匆匆地在后面跟着。

黄昏来到的时候,茅屋里的邻居们坐着吃玉米饼和豆子,同时他们谈论着早晨的那个大题目。他们不在行,在他们看来那好像是一颗上好的珍珠,可是他们以前从来没看见过这样的珍珠,而且珍珠商们对于珍珠的价值一定比他们在行。"还要注意这点,"他们说,"那些珍珠商并没有讨论这些事情。三个人当中每人都知道那颗珍珠不值钱。"

"可是会不会他们事前安排好了呢？"

"如果是那样，那么我们大伙儿就受了一辈子的骗了。"

有人认为，也许哩，也许奇诺还是接受那一千五百比索的好。那一大笔钱，他从来也没见过这么多钱。也许奇诺是一个梗得要命的傻瓜。果真他上首都去，而又找不到买主，他就永远也别想洗刷掉那个耻辱了。

其他一些胆小的人说，现在呢，他既然公然反抗了他们，那些收买人是根本不肯跟他打交道的了。也许奇诺会割掉自己的脑袋，把自己毁了。

另外一些人说，奇诺是一个勇敢的人，一个凶猛的人，他做得对。他这样勇敢对咱们大家都有好处。这些人为奇诺感到骄傲。

奇诺蹲在他屋子里的睡席上，闷闷地沉思着。他已经把珍珠埋在他屋里的一块灶石底下，他又呆呆地看着编成睡席的那一根根芦苇，直到那交叉的图案在他的头脑里跳跃着。他失去了一个世界，却没有得到另一个。奇诺害怕了。他一生中从来没有远离过家。他害怕陌生人和陌生的地方。他非常害怕大家叫做首都的那个陌生的怪物。它在水的那边，山的那边，千英里之外，而那每一英里陌生、可怕的路程都使他感到恐怖。可是奇诺已经失去了旧世界，他一定得爬上一个新世界。因为他对未来的梦想是真实的，决不能被打破的，而且他说过"我要去"，那些都造成一件真实的事情。决心要去并且这样说就等于走了一半路了。

当他埋珍珠的时候，胡安娜望着他，当她给小狗子擦洗和喂奶的时候，她也望着他，然后胡安娜做了晚上吃的玉米饼。

胡安·托玛斯走进来，在奇诺身旁蹲下，沉默了好久，直到最后奇诺才问："我有什么别的办法呢？他们都是骗子。"

胡安·托玛斯严肃地点点头。他是兄长，因此奇诺向他请教。"那是很难知道的，"他说，"我们的确知道我们从出世一直到进棺材都在受骗，连棺材他们也要敲竹杠。

但是我们还是活下来了。你反抗的不是那些收买珍珠的人，而是整个制度，整个生活方式，因此我替你担心。"

"我大不了挨饿，还有什么可害怕的？"奇诺问。

但是胡安·托玛斯却慢慢地摇着头。"挨饿是我们大家都该害怕的。但是假定你没有弄错——假定你的珍珠是非常值钱的——那么你以为这就算是定局了吗？"

"你这是什么意思？"

"我不知道，"胡安·托玛斯说，"可是我替你担心。你走的是新的土地，你不认识路。"

"我要去，我很快就要去。"奇诺说。

"不错，"胡安·托玛斯表示同意，"你一定得那么做。可是我怀疑在首都会不会有什么不同。在这儿还有朋友们和我，你的哥哥。在那儿你可谁也没有。"

"叫我怎么办呢？"奇诺大声说，"这是一件岂有此理的事情。我儿子一定得有个机会。那正是他们所要打击的。我的朋友们会保护我的。"

"只有在他们不因此而遭受危险或者不愉快的时候，

他们才能保护你，"胡安·托玛斯说，他站起身来，"愿天主与你同在。"

奇诺也说："愿天主与你同在。"却连头也没有抬，因为他的话里面带有一种奇怪的沮丧。

胡安·托玛斯走了很久以后，奇诺还坐在睡席上闷闷地沉思着。他已经麻木了，还感到一点灰色的绝望。他面前的每条路好像都堵塞了。在他的脑子里他只听到敌人的阴暗的音乐。他的感官都燃烧般地活跃，可是他的心灵却回到那与万物息息相通的境界，那是他得自他的民族的一种天赋。他听到渐渐深沉的夜晚的每一个轻微的声音：宿鸟的睡意沉沉的怨诉、猫儿的求爱的痛苦声、沙滩上小浪的冲打和退落，以及远方单纯的嘶嘶声。他也可以闻到退落的潮水留下的海藻的腥味儿。柴火的摇曳的小火焰使得睡席上的图案在他出神的眼睛前面跳动。

胡安娜忧心忡忡地望着他，可是她也了解他，她也知道她一声不响守着他是对他的最好的帮助。仿佛她也可以听到"恶之歌"似的，她和它对抗，轻轻地唱着家庭的歌曲、家庭的安全、温暖和完满的歌曲。她把小狗子抱在怀里，对他唱着这支歌，来抵挡邪恶，她的声音勇敢地抵抗着那阴暗的音乐的威胁。

奇诺一动不动，也不跟她要晚饭吃。她知道等他想吃的时候他会要的。他的眼睛出着神，他可以感觉到茅屋外面那小心翼翼的、待机而动的邪恶，他可以感觉到阴暗的爬动的东西在等着他走进外面的黑夜。它是又朦胧又可怕的，可是它呼喊他，威胁他，向他挑战。他的右手伸进衬衣里面，摸到他的刀，他的眼睛睁得很大，他站起来走到门口去。

胡安娜想要阻拦他；她举起手来阻拦他，她的嘴恐惧地张了开来。奇诺朝外面的黑暗中张望了好一会儿，然后走到外面去，胡安娜听到那短促的冲跑、那哼哼的搏斗、那殴打。有一会儿她吓呆了，然后她像只猫似的嘴唇向后缩紧，牙齿龇了出来。她把小狗子放在地上，抓起一块灶石就冲到外面去，可是那会儿已经完事了。奇诺躺在地上，挣扎着要爬起来，他附近一个人也没有。只有阴影、波浪的冲打和远处的嘶嘶声。但是邪恶到处都是，在篱笆墙后面躲着，在屋子旁边的阴暗里蹲着，在空中翱翔着。

胡安娜丢掉了石头，她伸开胳臂抱着奇诺，把他扶起，再把他扶进屋里去。血从他的头皮上慢慢往下流着，他的脸颊上从耳朵到下巴有一条又长又深的伤口，一道深深的、流着血的刀伤。并且奇诺只是半清醒的。他左右摇动着脑袋。他的衬衣被撕破了，他的衣服一半给扯了下来。胡安娜扶着他在睡席上坐下，她用裙子把他脸上那渐渐变浓的血擦掉。她拿来一小壶龙舌兰汁，让他凑着壶嘴喝下去，而他仍旧摇动着脑袋想把黑暗赶开。

"是谁？"胡安娜问。

"我不知道，"奇诺说，"我没看见。"

现在胡安娜端来一瓦盆的水，她洗净了他脸上的伤口，而他却茫然地瞪着前面。

"奇诺，我的丈夫，"她大声说，而他的眼睛却从她的身边越过，呆呆地瞪着前面，"奇诺，你听得见我的话吗？"

"我听得见。"他木木地说。

"奇诺,这颗珍珠是邪恶的。趁它没把我们毁掉以前,我们把它毁了吧。我们用两块石头把它压碎吧。我们把它扔回到海里去吧,它本来是属于海的。奇诺,它是邪恶的,它是邪恶的!"

当她说话的时候,奇诺的眼睛里重又出现了神采,两眼炯炯地发着光,同时他的肌肉也变得坚硬,他的意志也变得坚强了。

"不,"他说,"我要跟这东西斗争。我要战胜它。我们要得到我们的机会。"他的拳头捶着睡席。"谁也不许把我们的好运气抢走。"他说。然后他的眼神变得柔和了,他把手温柔地搁在胡安娜的肩上。"相信我,"他说,"我是个男人。"于是他脸上露出了机灵的神气。

"明天早晨我们俩坐上小船,渡过海翻过山上首都去,你和我。我们决不让人欺骗。我是个男人。"

"奇诺,"她嘎哑地说,"我害怕。一个男人也会给人家杀死的。我们把这颗珍珠扔回海里去吧。"

"别想，"他激昂地说，"我是个男人。别想。"她便不做声了，因为他的话就是命令。"我们睡一会儿吧，"他说，"天一亮我们就动身。你不害怕跟我一道走吧？"

"不，我的丈夫。"

他的眼睛那一刻又柔和又热情地望着她，他的手摸摸她的脸。"我们睡一会儿吧。"他说。

5

下弦月在第一只公鸡叫之前升起了。奇诺在黑暗中睁开眼睛,因为他感到近旁有动静,但他没有动。只有他的眼睛搜索着黑暗,于是在那从茅屋的漏洞里透进来的朦胧的月光中,奇诺看到胡安娜悄悄地从他旁边起来。他看到她向灶坑走过去。她的动作是那样小心,以至当她搬动那块灶石的时候,他只听到了极轻微的声音。然后像影子一般,她轻轻地悄悄地向门口走去。她在小狗子睡的吊箱旁边停了一会儿,然后,一刹那之间,她黑魆魆地出现在门洞里,随即不见了。

愤怒涌上了奇诺的心头。他一骨碌爬了起来,也像她离开时那样不声不响地跟着她走,他可以听见她急促的脚步声向海岸走去。他静悄悄地追赶着她,他的脑子给怒火烧红了。她一口气冲出那矮树丛，踏着小圆石跌跌绊绊地走向水边，这时她听到他走来，便拔脚跑了起来。正当她举起胳臂要扔的时候，他扑到了她的身上，抓住她的胳臂，把珍珠从她手里夺下。他用握紧的拳头朝她脸上揍了一拳，她便跌倒在圆石块当中，他又朝她的腰踢了一脚。在朦胧的月光中，他可以看到小浪在她身上冲碎，她的裙子漂来漂去，然后，当水退下去的时候，又紧贴在她的腿上。

奇诺低头看着她，他的牙齿露在外面。他像蛇一样朝她咻咻地叫着，而胡安娜却睁大了眼睛，毫不害怕地望着他，像屠夫面前的一只羔羊一样。她知道他心里起了杀意，那也没有什么关系；她已经听天由命了，她也不打算抵抗，甚至不打算分辩。可是这时他的愤怒消退了，一股使人作呕的厌恶代替了它。他转过身，走上沙滩，穿过矮树丛。由于感情激动，他的感官变得迟钝了。

他听到有人冲上来，便拔刀向一个黑影刺过去，又觉着他的刀刺中了，接着他猛不防地被人摔得跪了下来，接着又被摔倒在地上。贪婪的手指搜检着他的衣服，狂乱的手指搜查着他，而那颗珍珠，从他的手里被打得掉了出来，在小道上一块小石头后面闪着光。它在柔和的月光中闪耀着。

胡安娜从水边的岩石上吃力地爬了起来。她的脸上隐隐发痛，她的腰也酸疼。她跪着让自己镇定了一会儿，湿裙子贴在她身上。她并不生奇诺的气。他说过，"我是个男人"，而那句话对胡安娜意味着某些东西。它意味着他是半疯狂半神圣的。它意味着奇诺会拿他的力量往山上撞，拿他的力量往海里冲。胡安娜在她女性的心灵里知道，男人撞死的时候山还是屹然不动，男人淹死的时候海还是继续汹涌。然而正是这个东西使他成为一个男人，半疯狂半神圣的男人，而胡安娜需要一个男人，她没有男人就不能生活。尽管她可能对这些男女之间的差别感到惘惑，但是她了解这种差别，接受它们，也需要它们。她当然要跟他一道走，那是不成问题的。有时女性的特质、理智啦、谨慎啦、保全生命的意识啦，可以透进奇诺的男性的特质,挽救他们大家。她痛苦地站了起来,把拗着的手掌浸在小波浪里,用刺痛的盐水洗她那受伤的脸,然后慢吞吞地走上沙滩去跟随奇诺。

一堆青鱼似的云朵从南面来到了上空。朦胧的月光在一股股的云彩中钻进钻出,因此胡安娜一会儿在黑暗中走着,一会儿在光亮中走着。她的背疼得弯了下来,她的头低着。当她穿过矮树丛的时候,月亮给云遮住了,等它从云中穿出来之后,她便在小路上那块石头后面看到大珍珠的闪光。她无力地跪下去,把它捡了起来,随即月亮又钻进云层的黑暗中去了。胡安娜跪着不动,考虑要不要回到海边去完成她的任务,而正当她考虑着的时候,月光又来了,于是她看到她前面有两个黑影躺在小路上。她纵身向前一跳,便看到一个是奇诺,另一个是个陌生人,暗黑的、发亮的液体从他的脖子里往外流着。

奇诺缓慢地移动,胳臂和腿像一只被压碎的甲虫的腿似的蠕动着,同时含糊不清的喃喃声从他嘴里传出来。现在,一眨眼的工夫,胡安娜就知道旧生活是一去不复返了。小路上的一个死人和他身旁的奇诺的刀身，晦暗的刀说服了她。胡安娜以前一直在想法挽回一点旧日的安宁，找回一点没有捞到大珍珠之前的时光。而现在那种生活已经消逝，并且无法挽回了。她明白了这一点，便立刻舍弃了过去。除了挽救他们自己之外是没有别的办法的。

她的疼痛现在消失了，她的迟钝也消失了。迅速地，她把死人从小路上拖到矮树丛的荫蔽处。她走到奇诺面前，用她的湿裙子弄湿他的脸。他的知觉渐渐恢复，他呻吟着。"他们把珍珠抢走。我失去了珍珠。现在完结了。"他说。

"你的珍珠在这儿哩。我在小路上捡到的。你现在听得见我说话吗？你的珍珠在这儿哩。你明白吗？你杀死了一个人。我们一定得逃走。他们要来逮我们的，你明白吗？我们一定得在天不亮之前就走掉。"

"是人家扑上来打我的，"奇诺不安地说，"我为了救自己的命才动刀的。"

"你记得昨天的事吗？"胡安娜问，"你以为这会有什

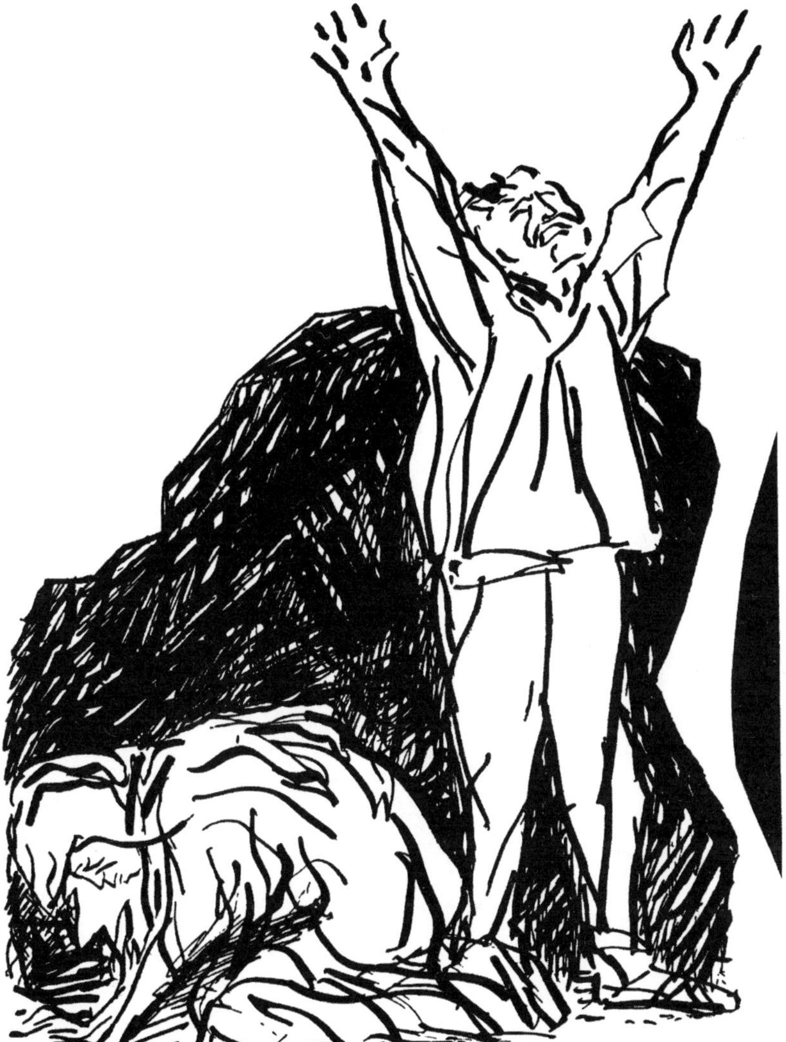
J.C Orozco

么关系吗？你记得城里的那些人吗？你以为你的解释会有用吗？"

奇诺吸了一大口气，挣扎着摆脱他的软弱。"不会的，"他说，"你说得对。"于是他的意志坚强了起来，他又是个男人了。

"到我们家去把小狗子带来，"他说，"把我们所有的玉米也带来。我去把小船拖下水，然后我们就走。"

他拿起他的刀就离开了她。他磕磕绊绊地走向沙滩，来到他的小船前面。当月亮又出来之后，他看到船底被砸了一个大洞。于是燃烧般的愤怒涌上他的心头，给了他力量。现在黑暗正在迫近他的家庭；邪恶的音乐弥漫在夜空，在红树丛上面缭绕，在波浪的节拍中尖叫。他祖父的小船，一遍又一遍地涂了胶泥的小船，却给人家砸了个破洞。这是一桩难以设想的罪恶。杀一个人也不如杀一只船来得罪过。因为一只船没有儿子，一只船也不能保护自己，一只受伤的船也不愈合。奇诺的愤怒中带有悲伤，可是这最后一着已经使他坚强得百折不回了。他现在成了一只动物，要躲藏，要袭击，他活着只是为了保全他自己和他的家庭。他没有感到他头部的疼痛。他飞快地经过沙滩往上跑，穿过矮树丛，朝着他的茅屋跑去，他没有想到去动用一只邻居的小船。这个念头一次也没有在他脑子里出现，正如他决不可能想到破坏一只船一样。

公鸡在叫，黎明快来了。那些最先烧的火所冒出的烟从茅屋的墙缝里渗出来，最早烙的玉米饼的气味发散在空中。黎明的鸟儿已经在矮树丛中跳来跳去了。黯淡的月亮正在失去它的光亮，云在南面浓得凝结了。风强烈地吹进港湾，这是一种神经质的、不安定的风，这风带有风暴的气息，空中弥漫着变化和不安的气氛。

奇诺朝着他的屋子匆匆地走去，感到一阵涌起的兴奋。现在他不觉得惶惑了，因为只有一个办法，于是奇诺的手先去摸他衬衣里面的大珍珠，然后去摸那挂在衬衣下面的刀。

他看到他前面有一点红光，紧接着一道高高的火焰带着噼噼啪啪的响声在黑暗中跳了起来，一座高高的火焰的建筑物照亮了小路。奇诺跑了起来；那是他的茅屋，他知道。他也知道这些屋子只要一会儿工夫就可以烧光。当他跑着的时候，一个急匆匆的人影朝他跑过来——是胡安娜，怀里抱着小狗子，手里抓着奇诺的肩毯。孩子吓得哼哼唧唧地哭了起来，胡安娜的眼睛睁得大大的，眼里充满了恐惧。奇诺看得出房子是完了，他也就不再问胡安娜。他明白，可是她说："房子被捣毁，地也给挖了——连宝宝的箱子都翻了过来，我进去看的时候，他们在外面放起了火。"

燃烧中的房子的熊熊火光强烈地照亮了奇诺的脸。"谁？"他问。

"我不知道，"她说，"黑魆魆的人影。"

邻居们现在慌慌忙忙地从他们的房子里跑出来，他们留心看着落下的火花，并把它们踏灭，来保全他们自己的房子。突然间奇诺害怕了，火光使他害怕，他想起了那个在小路旁边矮树丛中躺着的死人，于是他抓住胡安娜的胳臂，把她拉到一座背着火光的房子的阴影里，因为对他来说，亮光就是危险。他考虑了一会儿，然后他在阴影里慢慢地移动，直到他来到他哥哥胡安·托玛斯的家，于是他拉着胡安娜悄悄地溜进门口。在外面，他可以听到孩子们的尖声叫嚷和邻居们的呼喊，因为他的朋友们以为他也许还在燃烧着的房子里面。

胡安·托玛斯的屋子跟奇诺的屋子几乎一模一样；差不多所有的茅屋都是一样的，都能漏进光线和空气，因此胡安娜和奇诺，在哥哥屋子的角上坐着，可以透过墙看到跳跃的火焰，他们看到火焰又高又猛烈，他们看到屋顶坍下来，望着火渐渐熄灭，熄灭得跟一个用小树枝生的火堆一样快。他们听到他们的朋友们告警的喊声，和胡安·托玛斯的妻子阿帕罗妮亚的尖锐的、号啕的哭声。她，因为是最近的女亲属，为家中的死者发出了正式的哀悼。

阿帕罗妮亚发觉她戴着的披巾不是最好的那条，便跑回家去取她上好的新披巾。当她在靠墙的一个箱子里乱翻的时候，奇诺的声音悄悄地说："阿帕罗妮亚，别声张。咱们没有受伤。"

"你们怎么来到这儿的?"她问。

"别问吧,"他说,"现在你到胡安·托玛斯那儿去,把他带到这儿来,也别跟任何人讲。这对我们很重要,阿帕罗妮亚。"

她停了一停,她的手无力地垂在面前,然后她说:"是,我的小叔。"

过了一会儿工夫,胡安·托玛斯便跟她一起回来了。他点了一支蜡烛,来到在角落里蜷作一团的这两个人的面前,又说:"阿帕罗妮亚,看着门,谁也别放进来。"胡安·托玛斯年纪大一些,他显出很威严的样子。"说吧,弟弟。"他说。

"黑暗中有人扑上来打我,"奇诺说,"然后在搏斗中我杀死了一个人。"

"谁?"胡安·托玛斯赶紧问。

"我不知道。周围黑极了——只有黑暗和黑黑的影子。"

"是珍珠的毛病,"胡安·托玛斯说,"这颗珍珠里有个魔鬼。你当初应当卖掉它，把魔鬼送出去。也许你现在还可以卖掉它，给你自己买来安宁。"

接着奇诺说："啊，我的哥哥，我受到了一个侮辱，它比我的生命还重大。因为我那沙滩上的小船被砸坏了，我的屋子被烧掉了，在矮树丛里还躺着一个死人。每条道路都被切断了。你一定得把我们藏起来，我的哥哥。"

奇诺密切地注视着，看到哥哥的眼里流露出深沉的忧虑，他便抢先阻止他可能表示的拒绝。"不是很久，"他赶紧说，"只等到一天过去，新的一天来到。那时候我们就走。"

"我可以隐藏你们。"胡安·托玛斯说。

"我不愿意给你招来危险，"奇诺说，"我知道我就像麻风一样。我今天夜里就走，那你就安全了。"

"我要保护你们。"胡安·托玛斯说，他又喊道，"阿帕罗妮亚，关上门，别走漏一点儿风声说奇诺在这儿。"

他们整天不声不响地坐在屋里的黑暗中，他们听得见邻居们在谈论着他们。透过屋子的墙，他们可以望见邻居们耙着灰在找尸首。他们蜷缩在胡安·托玛斯的屋子里，听到邻居们对小船被砸破的消息所表现的震惊。胡安·托玛斯出去待在邻居们中间，以免引起疑心，他又告诉他们他对奇诺、胡安娜以及小娃娃的下落的种种推测和看法。对这个人他说："我想他们已经沿着海岸往南走去，逃避他们头上的灾祸去了。"对另外一个人，他又说："奇诺决不会离开海的。也许他另找了一只船。"他又说："阿帕罗妮亚悲伤得病倒了。"

那一天风吹了起来，在海湾上刮着，拔起了沿岸的海藻和海草，风呼号着从茅屋丛中吹过，水上没有一只船是安全的。于是胡安·托玛斯在邻居们当中说："奇诺跑掉了。如果他是到海上去的，他现在准已经淹死了。"每到邻居们当中去了一趟之后，胡安·托玛斯总要带回一些借来的东西。他带来一小草包红豆和满满一瓢大米。他借来一杯干胡椒和一块盐，他还带来一把干活用的长刀，十八寸长而且重，可以当小斧头、工具和武器使唤。当奇诺看到这把刀的时候，他的眼睛亮了起来，他抚弄刀身，又用拇指试试刀口。

风在海湾上面呜呜地叫，把海水吹白了，红树丛像惊恐的牛群似的向前猛冲，一阵细灰沙从陆地上吹了起来，像令人窒息的云雾一样笼罩在海上。风驱散了云，廓清了天空，把乡野的沙土像雪一样吹积了起来。

在黄昏临近的时候，胡安·托玛斯跟弟弟长谈了一次。"你打算去哪儿？"

"到北方去，"奇诺说，"我听人说过北方有城市。"

"避开海岸，"胡安·托玛斯说，"他们正在组织一伙人去搜索海岸。城里那些人会来找你的。那颗珍珠还在你那里吗？"

"还在，"奇诺说，"我要留住它。我本来也许可以把它当件礼物送人的，但是现在它成了我的不幸和我的生命，我得留住它了。"他的眼神冷酷、残忍而又愤懑。

小狗子抽抽噎噎地哭了，胡安娜便喃喃地念些小咒语使他安静下来。

"有风很好，"胡安·托玛斯说，"这样就不会留下脚迹了。"

月亮没出来之前，他们在黑暗中悄悄地离开了。一家人庄重地站在胡安·托玛斯的屋子里。胡安娜背着小狗子，用披巾盖着他又兜着他，孩子睡着了，脸蛋儿歪歪地靠在她肩上。披巾盖着孩子，另一头遮住胡安娜的鼻子以防御夜晚邪恶的空气。胡安·托玛斯拥抱了他弟弟两次，又亲吻了他的双颊。"愿天主与你同在。"他说，而这好像是死别一样，"你不肯放弃珍珠吗？"

"这颗珍珠已经成了我的灵魂，"奇诺说，"如果我放弃它，我就要失去我的灵魂。愿天主也与你同在。"

6

风狂烈地吹着,把碎树枝、沙子和小石头像雨点一般打在他们身上。胡安娜和奇诺把身上披盖的东西拢得更紧,盖住鼻子,走向外面的世界。天空被风刷干净了,星星在黑暗的天空显得寒冷。他们俩小心翼翼地走着,避开了市中心,那儿说不定有睡在门口的人会看见他们走过。因为全城都关门闭户准备过夜了,任何在黑暗中走动的人都会引人注意的。奇诺小小心心地绕过城市的边缘向北转,看着星往北走,找到了布满车辙的沙子路,这条路穿过那矮林茂密的地区通到洛赖托①,那儿有一个能行奇迹的圣母显圣处。

奇诺可以感到沙子吹到他的脚踝上,于是他很高兴,因为他知道那就不会有脚迹了。淡淡的星光给他照出那条穿过矮林茂密的地区的窄路。奇诺也可以听到胡安娜的脚步声在他后面。他急急地悄悄地走着，胡安娜在后面小跑着跟上来。

一种古老的东西在奇诺胸中蠢动着。透过他对黑暗和夜间出没的魔鬼的恐惧，涌出了一股强烈的兴奋；一种野性的东西在他胸中活动着，使得他又小心又机警又凶狠，一种来自他的民族的过去的古老的东西在他胸中活跃着。风在他的背后，星星引导着他向前。风在矮林中号叫和奔驰，这一家人单调地向前走着，一小时又一小时。他们一个人也没碰到，一个人也没看见。最后，在他们的右边，下弦月升起了，等它上来之后，风就停了，大地也沉寂了。

现在他们可以看到前面的小路，路上深深地印着吹积了沙子的车辙。风一停就会有脚印子的，可是他们离城已经很远，他们的脚迹也许不会被注意到。奇诺小心翼翼地在一条车辙里走着，胡安娜踏着他的脚迹。明天早晨进城去的一辆大车就可以完全消灭他们一路过来的痕迹。

---

① 拉巴斯西北的城市。

他们整夜走着，连快慢都一直没有改变过。有一次小狗子醒了，胡安娜便把他挪到胸前，又把他哄得睡着了。夜晚的种种邪恶的东西在他们周围。山狗在矮林中嗥着、笑着，猫头鹰在他们头上哇哇地叫着。还有一次一只巨大的动物笨重地走开去，一路把乱丛棵子碰得发出了噼噼啪啪的声音。于是奇诺紧紧地抓着那把干活用的大刀的柄子，从中得到了一种安全感。

珍珠的音乐在奇诺的脑子里得意洋洋地震响着，在它的下面是那平静的家庭的旋律，他们又和穿着凉鞋的脚踏在尘土上的沙沙声交织在一起。他们整夜走着，天一亮奇诺就在路边寻找一个隐伏处，准备白天躲在里面。他在路的近旁找到了一个地方，可能是鹿躺过的一小片空地，它被沿路那些又干又脆的树木密密地遮掩着。等胡安娜坐下来开始给小孩喂奶以后，奇诺便回到路上去。他折了一根树枝，把他们在离开大路的地方所留下的脚迹仔细地扫掉。然后，在曙光中，他听到一辆大车的叽嘎声，他蜷缩在路旁，看着一辆由懒洋洋的公牛拉着的双轮大车走过去。等车子走得看不见的时候,他回到路上去看看车辙,发现脚迹都不见了。于是他又扫掉他的脚迹,回到胡安娜那里去。

她把阿帕罗妮亚替他们包起来的软玉米饼给他吃,过了一会儿,她睡了一下。可是奇诺坐在地上,凝神看着他面前的土地。他看着一小队蚂蚁在他脚的旁边移动,便用脚挡住它们的去路。然后那队蚂蚁爬过他的脚背继续前进,奇诺把脚放在那儿不动,看着它们从脚背上面爬过去。

太阳炎热地升起了。他们现在已经不在海湾近旁,空气又干又热,因此矮林热得窸窣地响,发散出一股树胶的香味。胡安娜醒来以后,太阳已经高高的了,奇诺告诉她一些她已经知道的东西。

"当心那边的那种树,"他指着说,"别摸它,因为要是你摸它之后再摸你的眼睛,它会把你弄瞎的。还要当心那种流血的树,瞧,就是那边的那棵。要是你折断它,红色的血液就会从里面流出来,那就是坏运气啊。"她点点头,对他微微笑着,因为她知道这些东西。

"他们会追我们吗？"她问，"你想他们会想法找我们吗？"

"他们一定会想法的，"奇诺说，"谁找到我们谁就可以抢到珍珠。一定的，他们一定会想法的。"

胡安娜又说："也许那些珍珠商说得对，这颗珍珠并不值钱。也许这一切只不过是一个幻影。"

奇诺把手伸进衣服里面去，掏出了珍珠。他让日光在它上面闪耀，直到它刺痛了他的眼睛。"不，"他说，"要是不值钱，他们就不会想法偷它了。"

"你知道是谁上来扑打你吗？是那些珍珠商吗？"

"我不知道，"他说，"我没有看见他们。"

他向珍珠里面凝视着，寻找他的幻想。"等我们把它卖掉之后，我要买支来复枪。"他说，于是他向那灿烂的表面里凝视，寻找他的来复枪，可是他只看到地上躺着一个缩成一团的黑暗的尸体，发亮的血从他的喉咙往外滴着。他又急忙说："我们要在一个大教堂里举行婚礼。"而在珍珠里他却看到脸被打伤的胡安娜在黑夜中慢慢吞吞地走回家去。"我们的儿子一定得念书。"他狂乱地说。而在珍珠里，小狗子的脸由于吃药而变得呆呆的，并且发着烧。

于是奇诺把珍珠塞回到他的衣服里面，珍珠的音乐也在他耳朵里变得凶险了，而且和邪恶的音乐交织在一起。

炎热的太阳晒在大地上，因此奇诺和胡安娜移到了矮林的花边状的树荫下，灰色的小鸟也在树荫下的地面上跳来跳去。在一天最热的时候，奇诺休息了，用帽子盖住眼睛，用毯子包着脸挡住苍蝇，他便这样睡着了。

可是胡安娜没有睡。她像一块石头一样静坐着，她的脸也是沉静的。她嘴上被奇诺打过的地方还肿着，大苍蝇围着她下巴上的伤口嗡嗡地飞。可是她像个哨兵一样静静地坐着，等小狗子醒来她便把他放在她面前的地上，看着他摇胳臂踢脚，他对着她微笑并且喉咙里咯咯地响着，到后来把她也逗笑了。她从地上捡起一根小树枝来呵他痒，又从包袱里拿出水瓢来喂水给他喝。

奇诺在睡梦中翻来覆去，他用喉音大叫，他的手也像打架似的挥动着。然后他哼了一声便猛然坐了起来，他的眼睛睁得很大，他的鼻孔张开。他倾听着，只听到咝咝响的热气和远方的嘘嘘声。

"怎么啦？"胡安娜问。

"别响。"他说。

"你做梦啦。"

"也许。"但他是不安定的，她从带来的干粮中给了他一块玉米饼，他咀嚼时停下来倾听。他又不安又紧张，忽而转过头去，忽而举起大刀，摩擦刀口。当趴在地上的小狗子喉咙里发出咯咯的响声的时候，奇诺说："让他别响。"

"怎么啦？"胡安娜问。

"我不知道。"

他又倾听。他的眼睛里有一种动物的光芒。这时他站了起来，一声不响，然后，腰弯得低低的，他从矮林中钻出去走向路边，可是他没有走到路上去，他爬到一棵多刺的树底下，往外偷看他走来的那条路。

然后他看到他们向前移动着。他的身体变得僵直了，他缩低了头，从一根坠下的大树枝下面往外偷看。他可以远远地看到三个人影，两个徒步一个骑着马。可是他知道他们是些什么人，于是他打了一个冷颤。就在远处他也看得出那两个徒步的人走得很慢，腰弯得低低的。在一个地方其中一个人站住了看看地面，而另一个人便走到他跟前去。他们是追踪者，他们可以在石山中追踪巨角野羊。他们和猎狗一样敏感。在这里他和胡安娜尽管走出了车辙，而这些从内地来的人，这些猎户，却可以跟踪，可以辨认一根碎草或者一小堆踢翻的尘土。在他们后面，有一个黑魆魆的人骑在一匹马上，他的鼻子给毯子盖住，一支来复枪横在他的马鞍上，在太阳下闪着光。

奇诺像树枝一样僵硬地躺着。他几乎透不过气来，他的眼光落在他扫去了踪迹的那个地方。连这一扫对于这些追踪者也可能是一个记号。他知道这些内地的猎户。在一个猎狗很少的地区他们居然能凭着他们打猎的本领维持生活，而此刻他们正在猎取他。他们像动物一样在地面上急急地跑着,找到一个痕迹便弯下腰来细看,同时那个骑马的人等待着。

追踪者们轻轻地哼着鼻子,像是追踪着新鲜的嗅迹的兴奋的猎狗一样。奇诺慢慢地把大刀拉到手边,做好准备。如果追踪者们发现那个扫过的地方,那他就必须扑向那个骑马的人赶快杀死他,把来复枪抢过来。那是他唯一的机会。当那三个人在路上渐渐走近的时候,奇诺用他穿着凉鞋的脚指头挖了小坑,使他可以冷不防地跳起来,不致滑跤。在那坠下的树枝下面,他只有很小的视野。

现在,待在后面那隐蔽处的胡安娜听到了马蹄的声音,而小狗子喉咙里又发出了咯咯的响声。她急忙抱起他来,把他放在披巾下面,把奶子塞在他嘴里,他便安静了下来。

当追踪者们挨近的时候,奇诺从那根坠下的树枝下面只能看见他们的腿和马的腿。他看到那些人的黑黝黝的、粗硬的脚和他们的褴褛的白衣服,他听到马鞍发出的叽嘎声和马刺的叮当声。追踪者们在那扫过的地方前面站住了端详着，那个骑马的人也站住了。那马昂起头来挣一挣马嚼子，马嚼滚子在它舌头底下咔哒一响，马便喷响了鼻子。于是黑魆魆的追踪者们掉过头去，端详着马，注意着它的耳朵。

奇诺停止了呼吸，可是他的背微微弓着，他的胳臂和腿上的肌肉紧张地鼓了出来，同时他的上唇上冒出了一行汗珠。追踪者们弯下腰去朝路上看了好一会儿，然后他们慢慢地继续前进，端详着他们前头的地面，那骑马的人在他们后面走着。追踪者们急急地跑着，停下来看看，又匆匆地前进。他们一定会回来的，奇诺知道。他们会来回兜圈子搜索、窥探、弯腰，他们迟早总会发现他掩盖了的踪迹。

他轻轻地倒退着走，也不费心去掩盖他的脚迹了。他没法子掩盖；那儿的痕迹太多了，给他弄碎的树枝、被他的脚擦过的地方和踢开的石头太多了。奇诺现在心里感到惊恐，一种想奔逃的惊恐。追踪者们一定会找到他的踪迹的，他知道。除了奔逃再也没有别的活路。他侧着身子慢慢地从路旁走开，然后急急地静悄悄地来到胡安娜所在的隐蔽处。她询问似的抬起头来望着他。

"追踪的人，"他说，"走！"

这时一股颓丧和绝望的情绪涌上了他的心头，于是他的脸色变青了。他的眼神也变得悲伤了。"也许我应该让他们逮住我。"

胡安娜马上站了起来，她把手搁在他的胳臂上。"你有珍珠，"她粗声地喊，"你想他们会把你活着捉回去，让你说他们偷了珠子吗？"

他的手无力地伸到他衣服下面藏着珍珠的地方。

"他们会找到的。"他软弱地说。

"走，"她说，"走！"

看到他没有回答，她又说："你想他们会让我活着吗？你想他们会让这个小东西活着吗？"

她的刺激打击了他的脑子，他的嘴唇发出了咆哮，他的眼神变得又凶猛了。"走，"他说，"我们到山里去。也许在山里我们可以摆脱他们。"

他把那些构成他们的财产的瓢和小口袋胡乱地收起来。奇诺左手提着一个包袱，可是大刀在他右手自由地摆动着。他为胡安娜在矮林中开路，他们匆匆地往西朝着那群高大的石山跑去。他们急匆匆地穿过缠结的乱丛棵子。这是惊惶的奔逃。奇诺没有想法掩盖他的踪迹；他急匆匆地走去，一面踢着石块，一面把走漏风声的树叶从小树上碰落下来。高高的太阳倾泻在干燥的响得叽叽嘎嘎的土地上，以至连植物都喀嚓喀嚓地响着，表示抗议。但是前面就是赤裸裸的花岗岩大山了，它从腐蚀的石砾中耸起，庞然屹立在天空底下。奇诺往远处跑去，像差不多所有被追赶的动物那样。

这片土地是没有水的，上面毛茸茸地布满了能蓄水的仙人掌和根部硕大的灌木，这种灌木可以深深地伸进地下去吸收一点点水分，并且靠极少的水分维持生命。脚底下不是土壤而是碎石块，它们裂成了一小块一小块，一大片一大片，但没有一块是被水磨圆的。小小的一簇簇枯草长在石块中间，只要一下雨，这种草就冒出来，然后就结籽、落籽、死亡。有角的蟾蜍望着这一家人走过去，转动着它们旋转的小龙头。不时有一只大长耳兔从睡眠中被惊醒，一溜烟跑走，躲在最近的石头后面。嘘嘘响着的热气笼罩着这个沙漠地区，而前面的石山看上却是又凉爽又悦人的。

于是奇诺继续逃跑。他知道会发生什么事情。那些追踪者沿着路走不了多远就会发觉他们失去了踪迹，他们就会回来，进行搜索和判断，不久他们就会找到奇诺和胡安娜休息过的地方。从那儿起他们找起来就容易得多了——那些小石头、那些落下的树叶和碰断的树枝、那些一只脚滑跤时擦过的地方。奇诺可以在心目中想象到他们沿着踪迹急急忙忙地走着，急切地轻轻哼着鼻子，他们后面是那个黑魆魆的、不大感到兴趣的、带着来复枪骑马的人。他的工作要最后才会来到，因为他不会把他们活捉回去的。啊，邪恶的音乐如今在奇诺的脑子里高声歌唱，跟热气的嘘嘘声和响尾蛇发出的单调的响声一起歌唱着。它现在不是洪亮和压倒一切，而是又隐秘又恶毒，他的心的怦怦的跳动又给它添上了低音和节奏。

路渐渐向上高起来，石头也越来越大。但现在奇诺已经使那些追踪者和他一家人之间稍微隔得远些。现在，在第一个山冈上，他休息了。他爬上一块大石头，回顾那片闪亮的地方。可是他看不到他的敌人，连那个骑着马穿过矮林的高个儿也看不到。胡安娜蹲在石头的阴影里。她把水瓶举到小狗子的唇边，他的干渴的小舌头贪婪地嘬着。奇诺回来以后，她抬起头来看他；她看到他在端详她的被石头和丛林割破和擦伤了的脚踝，便急忙用裙子把它们盖了起来。然后她把瓶子递给他，但他摇摇头。在她那疲倦的脸上，她的眼睛是明亮的。奇诺用舌头舔湿他干裂的嘴唇。

"胡安娜，"他说，"我要继续往前走，你要躲藏起来。我要把他们引进山里去，等他们从旁边走过之后，你就往北到洛赖托或者到圣特·罗沙里亚去。然后，如果我能逃脱，我就来找你。这是唯一安全的办法。"

她直瞪瞪地朝他的眼睛里看了一会儿。"不，"她说，

"我们跟你走。"

"我单独走可以快些,"他粗声地说,"如果你跟我走,你会让小东西冒更多的危险。"

"不成。"胡安娜说。

"你必须照办。这是聪明的办法,这也是我的愿望。"

"不成。"胡安娜说。

于是,他看到她的脸,要在那里找到软弱的表情,找到害怕或者犹豫的表情,而她脸上都没有。她的眼睛非常明亮。于是他无可奈何地耸耸肩,但他却从她那里得到了力量。当他们继续前进的时候,那就不再是惊惶的奔逃了。

这个地区朝着山渐渐高起来的时候变化很快。现在有长长的露出的花岗岩层,中间有深深的罅隙,于是奇诺尽可能在留不下痕迹的光石头上走着,从一块岩石跳到另一块岩石。他知道每逢那些追踪者失去他的踪迹,他们就必须兜圈子和耗费时间,然后才能重新找着。因此他不再笔直往山里走了;他曲曲折折地前进,并且有时候他回头往南跑,留下一个痕迹,然后又在光石头上面朝山里走去。现在路陡峭地上升了,因此他一边走一边微微地喘气。

太阳朝着裸露的石牙似的大山往下移动,奇诺也选定了方向朝着山脉中一个阴暗多影的裂口走去。如果山里有一点儿水的话,一定就在那儿,因为他从远处也看得出那儿有树木的迹象。如果有任何通路穿过那光滑的石头山脉,它也一定会通过这同一个裂口。它有它的危险,因为那些追踪者也会想到它的,但是空空的水瓶不允许把那一点考虑在内了。当太阳往下落的时候,奇诺和胡安娜疲惫地沿着陡峭的山坡朝那个裂口爬去。

在那灰色的石头山的高处,在一个形状狰狞的山峰底下,一道小泉从石头的裂缝中涌出。夏天,在阴影里保存下来的积雪灌注它,有时它完全干涸了,底上便露出光石头和干水藻。但通常这儿总有水涌出来,又清凉又干净又可爱。在骤雨降落的季节,它也许会成为一道山洪,把它那股白色的水柱往山中的裂口倾泻,但是通常它是一个涓涓的小泉。水涌出贮成一个水池,然后落到一百尺以下的另一个水池里去，而这一个涨满之后又往下落，这样继续不断地往下流，直到它流入高地上的乱石堆中，完全消失在那儿。反正这时水也剩得不多了，因为它每从一块悬崖上往下落，干渴的空气便吸饮它，同时又有一些水要从水池子中溅到枯干的植物上面去。多少里之内的动物都到这些小池里来饮水，野羊和鹿、美洲豹和浣熊，以及老鼠，全都来饮水。那些在丛林地区度过白天的鸟儿也到这些像山中裂口里的台阶一样的小池子边上来过夜。在这条小溪的边上，不论什么地方，只要有足够生根的土壤，就生长着一片片的植物，野葡萄啊、小棕榈啊、木槿啊，以及那穗状叶的上面竖着羽毛似的细秆子的高高的彭尼斯草。水池里生活着青蛙和行水虫，还有些水虫在池子底上爬动。凡是爱水的都到这几个浅水的池塘里来。山猫把逮住的禽鸟带到这儿来，撒下羽毛，从它们血淋淋的牙齿中间舔水喝。由于水，这些小池子是活命的地方，也由于水，这是个残杀的地方。

最低的那层台阶是个石头和泥沙的小平台，在那儿溪水聚集起来，然后滚下一百尺，在乱石遍地的沙土中消失。只有一道细水流进水池，但它足够把水池经常注满，并且使悬崖突出部分下面的孔雀草得以常青，还能使野葡萄藤爬上石山，使各式各样的小植物在这里得到了舒适。山洪造成了一个小沙滩，池水就从这上面流过，潮湿的沙里生长着碧绿的水田芹。沙滩上留着那些来饮水和猎食的动物的脚爪摩擦和践踏的痕迹。

太阳越过这群石山之后，奇诺和胡安娜才吃力地爬上陡峭的、凹凸不平的山坡，终于来到了水边。从这层石阶上他们可以展望被太阳晒着的沙漠，看到远方的蔚蓝的海湾。他们精疲力竭地来到池边，于是胡安娜瘫跪下去，先洗了小狗子的脸，然后装满了水瓶，给他喂了点水。孩子又疲倦又焦躁，他轻轻地哭着，直到胡安娜给他喂奶，然后他便对着她从喉咙里发出咯咯的响声。奇诺在水池里痛饮了很久以后，在水边躺了一会儿，松弛了全身的肌肉，望着胡安娜给小孩喂奶，然后他爬起来，走到水落下去的石阶的边上，仔细地搜索着远方。他的眼光紧钉在一个点上，他变得僵直了。在远远的山坡下面，他可以看到那两个追踪者；他们像小黑点，也像急匆匆地跑着的蚂蚁，在他们后面是一个大一点的蚂蚁。

胡安娜转过头来看他，她看到他的背僵直了。

"多远？"她平静地问。

"黄昏的时候他们就可以到这儿，"奇诺说，他仰起头望着流下水来的那个又长又陡的直立裂口，"我们必须往西走。"他说，同时他的眼睛搜索着裂口后面的山肩。在那灰色的山肩上面三十尺的地方，他看到一连串的腐蚀的小岩洞。他脱掉凉鞋，用脚趾把牢光石头爬了上去，向那些浅浅的岩洞里面窥看。它们只是几尺深的、被风吹空的凹洞，但它们微微向下和向后倾斜。奇诺爬进最大的一个，躺了下来，便知道人家从外面不会看到他。他又迅速地回到胡安娜那里去。

"你得到那上面去。也许在那儿他们找不到我们。"他说。

毫无异议地，她把水瓶灌得满满的，然后奇诺拉着她爬到上面那个浅岩洞里去,又把一包包的食物拿上去递给她。胡安娜坐在洞口望着他。她看到他没有去擦掉他们留在沙上的足迹。相反地,他爬上水边的有矮林的悬崖,一面爬一面抓着扯着孔雀草和野葡萄。当他爬了一百尺,到了上一磴之后,他又下来。他仔细观看山洞对面的那块光滑的山肩,看清那儿没有留下任何痕迹,最后他又爬上去,爬进洞里来到胡安娜旁边。

"等他们上山,"他说,"我们就偷偷溜掉,再回到低地上去。我只担心宝宝也许会哭。你一定要当心别让他哭。"

"他不会哭的。"她说,同时她把孩子的脸举到自己的脸前,凝神朝他的眼睛里面看去,他也严肃地盯着她。

"他明白。"胡安娜说。

现在奇诺趴在洞口,他的下巴撑在交叉的胳臂上,他望见那座山的蓝影子横过下面那丛林茂密的沙漠向外移动,一直到达海湾,同时影子的长长的幽光笼罩着地面。

那些追踪者来得很慢,仿佛他们在跟随奇诺留下的踪迹时遇到了困难。最后他们来到小水池的时候已经是黄昏了。现在三个人都是徒步的，因为马不能爬上那最后一段陡峭的山坡。从上面往下看，他们在暮色中只是三个细瘦的身影。那两个追踪者在小沙滩上急匆匆地跑来跑去，他们饮水之前看到了奇诺向悬崖上面行进的路线。那个带着来复枪的人坐下来休息，那两个追踪者也蹲在他的近旁，他们燃着的纸烟在暮色中忽明忽灭。然后奇诺可以看到他们在吃饭，他们絮絮的语声也传到了他耳朵里。

然后黑暗降临了，山的裂口中又深又黑。那些使用水池的动物走拢来，闻到那儿有人的气味，便又溜回黑暗中去了。

他听到身后有一声喃喃的低语。胡安娜正在悄悄地说："小狗子。"她在哄他，让他安静下去。奇诺听到孩子抽抽噎噎地哭着，从那被压抑的声音里，他知道胡安娜用披巾盖住了他的头。

在下面的沙滩上，一根火柴亮了一下，从它的片刻的亮光中，奇诺看到有两个人在睡觉，像狗一样蜷作一团，同时第三个人在守望,在火柴光中他也看到来复枪的闪光。然后火柴熄灭了,但是它在奇诺的眼中留下了一幅图景。他看得清清楚楚每个人是什么样子,两个蜷作一团睡着,而第三个把来复枪夹在膝盖当中蹲在沙上。

奇诺无声地走回到洞里去。胡安娜的眼睛是两个火花,里面反映出一颗低空的星星。奇诺静悄悄地爬到她身边,他把嘴唇挨着她的脸颊。

"有一个办法。"他说。

"但是他们会杀死你的。"

"如果我先走到那个带来复枪的人那儿,"奇诺说,"我一定得先走到他那儿,那么我就不要紧了。两个人在睡觉。"

她的手从她的披巾下面悄悄地伸了出来,抓住他的胳臂。"他们会在星光中看到你的白衣服的。"

"不会的,"他说,"我一定得在月亮上来以前就过去。"

他想找一句温柔的话,然后又不找了。"如果他们杀死我,"他说,"你静静地躲着。等他们走掉之后,到洛赖托去。"

她的手握着他的手腕,微微地发抖。

"没有别的法子,"他说,"这是唯一的办法。不然早晨他们就会找到我们的。"

她的声音微微地发抖。"天主保佑你。"她说。

他仔细地觑看她,可以看到她的大眼睛。他的手向外摸索,找到了孩子,他的手心在小狗子的头上搁了一会儿。然后奇诺举起手摸到胡安娜的脸上,她屏住了气。

在衬着天空的洞口,胡安娜可以看到奇诺脱下他的白衣服,因为它虽说又脏又破,在黑夜里还是会显露的。他自己的棕色皮肤对于他是一种更好的保护。然后她看到他怎样把他挂护符的项带扣在他的大刀的牛角柄上,这样一来刀便挂在他面前,让他的双手都空着。他没有回到她那儿去。有一会儿他的身躯黑魆魆的堵在洞口,无声地蜷缩着,然后他就不见了。

胡安娜挪到洞口朝外面张望。她像一只猫头鹰一样从山洞中窥视着，孩子睡在她背上的毯子下面，他的脸歪歪地靠着她的脖子和肩膀。她可以感到他的热气吹在她的皮肤上，于是胡安娜悄悄地念着她那祷告和咒语，她的"圣马利亚保佑"和她的古老的祝祷，来抵御那些黑暗的非人的东西。

当她往下看的时候，夜晚似乎不那么黑暗了，在东边天空，靠近月亮将要升起的地平线那儿，有一点光亮。向下面望去，她可以看到那个守望人抽着的纸烟。

奇诺像一条迟缓的蜥蜴一样慢慢地爬下那块光滑的山肩。他掉转了他的项索，使得大刀挂在他的背上，不会碰着石头。他的张开的手指抓牢了山，他用光脚趾向前探索，这样找到了立足之处，连他的胸部也贴着石头，这样他就不致滑跤了。因为任何声音，一块滚动的小石子或者一声喘息，肉体在岩石上的轻轻一滑，都会惊动下面的那些守望者。任何与夜晚不相干的声音都会引起他们注意。但是夜并不是静寂的，那些生活在溪流近旁的小雨蛙像鸟一样喊喊喳喳地叫着，蝉的高亢的金属的鸣声弥漫了山的裂口。奇诺自己的音乐在他脑子里,而敌人的音乐却在低低地颤动着,几乎睡着了。但是"家庭之歌"已经变得像一只雌美洲豹的嗥叫一样的凶猛、尖锐。"家庭之歌"现在是活跃的,驱使着他向下面邪恶的敌人走去。粗声的蝉好像采用了它的旋律,喊喊喳喳的雨蛙也叫出了它的一些小乐句。

奇诺像影子一样无声地爬下光滑的岩面。一只光脚移动几寸,同时脚趾碰到石头就紧紧地攀住,另一只脚又移动几寸,然后一只手掌微微向下,然后是另一只手,这样,整个身体似乎并没有动,实际上却已经移动了。奇诺的嘴张着,这样连他的呼吸也不会有声音,因为他知道人家并不是看不见他的。如果那个守望者感觉到有动静,望望石头上那块黑魆魆的地方——那就是他的身体,他就可以看到他。奇诺必须移动得很慢,以免引起守望者的注意。他花了很长的时间才到达山麓,蜷缩在一棵矮小的棕榈树后面。他的心在他胸中怦怦地跳着,他的手和脸都给汗弄湿了。他蜷缩着,大口地呼吸着来镇定自己。

现在他和敌人相隔只有二十尺了,他努力记起中间的地面。有没有什么石头会在他冲过去时绊倒他?他揉揉他的腿防止抽筋,发觉他的肌肉由于长时间的紧张而在跳动着。然后他担心地看看东方。现在月亮快要上来了,而他必须在它上来之前扑到敌人身上去。他可以看到那个守望者的轮廓,但那两个睡着的人却在他的视线以下。奇诺必须抓住的,必须迅速而毫不犹豫地抓住的,便是那个守望者。不声不响地,他从肩上拉过护符的带子,从他的大刀的牛角柄上解开了活结。

他已经太晚了,因为当他从蜷缩的姿势站起来时,月亮的银边从东方的地平线上露了出来,于是奇诺又在矮树丛后面蹲了下去。

那是一个又老又破的月亮,但它把明晰的光和明晰的影子移进了山的裂口,于是奇诺现在可以看到水池旁边的小沙滩上那个守望者坐着的身影。守望者凝望着月亮,然后他又点了一支烟,火柴有一会儿照亮了他那黑魆魆的脸。现在不能再等了;等守望者一掉头,奇诺就必须跳过去。他的腿绷得像扭紧的发条一样的紧。

从上面传来了一声低微的哭声。守望者掉过头去听着，然后他站了起来，同时睡觉的人中有一个在地上动了一动，醒了过来，平静地问："那是什么？"

"我不知道，"守望者说，"听上去像一声哭喊，几乎像个人——像个小娃娃。"

原先睡觉的那个人说："不见得吧。也许是一只怀着一胎小狗的母山狗。我听到过一只小山狗像小娃娃一样的哭喊。"

汗珠从奇诺的前额滚下来，掉进他的眼睛里，把它们刺得好疼。那小小的哭声又传来了，守望者沿着山腰往上向那黑暗的山洞看去。

"也许是山狗吧。"他说，随即奇诺便听到刺耳的咔哒声，这人把来复枪的扳机扳上了。

"如果那是只山狗，这可以让它住嘴。"守望者一面举起枪一面说。

奇诺跳在半空中的时候，枪轰隆一声响了，枪膛发出的闪光在他眼睛上留下了一幅图画。大刀摇摆着,发出空洞的嘎扎嘎扎的响声。它穿过脖子,深深地扎进胸膛,奇诺现在成了一架可怕的机器了。他一面把刀拔出来,一面就抢过了来复枪。他的气力、他的动作和他的速度都像一架机器。他身子一转,把大刀戳进那个坐着的人的脑袋,好像戳的是个西瓜。那第三个人像螃蟹一样急急忙忙地爬走,溜进了水池,于是奇诺迈着大步走到水边。在月光中他可以看见那双狂乱的、惊惶的眼睛,奇诺便对准两眼中间放了一枪。

然后奇诺犹豫不决地站着。有什么事情出了毛病,有一个信号想要进入他的脑子。雨蛙和蝉现在都沉寂了。然后奇诺的脑子从它的赤热的集中状态中清醒了过来,他辨别出了那个声音——来自山腰的那个小山洞的号啕的、呜咽的、越来越高的、歇斯底里的哭声,死亡的哭声。

拉巴斯人人都记得那一家人的归来。也许有一些年纪大的人还是亲眼看到的,不过那些从父亲和祖父那里听来的人们也同样记得。那是人人都经历过的一件大事。

是在金黄色的迟暮时分，第一批小男孩在城里发了疯似的跑着，散布消息，说奇诺和胡安娜回来了。于是人人都跑去看他们。太阳正在向西山落下去，地面上的影子是长长的。也许那就是在那些看到他们的人的心上所留下的深刻的印象。

他们俩从乡下的那条印满了车辙的路进入了城市，但他们俩不是像往常那样，奇诺在前胡安娜在后鱼贯地走着的，而是并排走着的。太阳在他们背后，他们的长影子便在他们前面大踏步走着，于是他们好像随身携带了两座黑塔似的。奇诺的胳臂上挂着一支来复枪，胡安娜把她的披巾像个口袋一样扛在肩上。那里面有一小包软绵绵、沉甸甸的东西。披巾上有干了的血结成的硬痂，她一面走，包袱一面微微地摇摆。她的脸由于疲乏，由于用来克服疲乏的紧张，变得冷酷、变得又皱又粗了。她的睁得很大的眼睛凝视着自己的内心。她像天堂一般的遥远。奇诺的嘴唇是薄薄的，他的下巴紧紧的，人们说他身边携带着恐怖，说他像酝酿中的一场风暴一样的危险。人们说他们俩仿佛远离了人类的经验；他们俩航过苦海到达了彼岸；他们身上有一种保护的魔力。那些赶来看他们的人们往后挤着，让他们过去，没有跟他们讲话。

奇诺和胡安娜从城中走过，仿佛城并不存在似的。他们的眼睛不朝上下左右瞥看，而只笔直地盯着前方。他们的腿微微痉挛地移动着，像做得很好的木偶一样，他们随身携带着黑色的恐怖的柱子。当他们穿过那石头和灰泥的城市的时候，掮客们透过钉着横木的窗户窥看他们，仆人们把一只眼凑在开了一条缝的大门上，母亲们把她们最小的孩子的脸掉过去埋在裙子里。奇诺和胡安娜并肩迈步，穿过那石头和灰泥的城市来到茅屋丛中，邻居们都往后退，让他们走过去。胡安·托玛斯举起手来想招呼他们，却没有招呼出来，犹豫不决地让手在空中停留了一会儿。

在奇诺的耳朵里，"家庭之歌"像叫喊一样的高昂。他是免疫的、可怕的，他的歌变成了呐喊。他们拖着沉重的脚步走过他们的房屋本来所在的那块烧光的方场，连看也没有看它一眼。他们绕过沙滩边上的矮林，沿着海岸向下面走向水边。他们也没有朝着奇诺的被破坏的小船看去。

当他们来到水边之后，他们停下来，向外凝望着海湾。然后奇诺放下了来复枪，他在他的衣服里掏摸，然后他手里便抓着那颗大珍珠了。他向它的表面里凝视，它是灰黯而溃烂的。邪恶的面孔从里面窥看他的眼睛，他也看到燃烧的火光。在珍珠的表面上，他也看到水池里那个人的狂乱的眼睛。在珍珠的表面上，他也看到小狗子躺在那个小山洞里，他的头顶被枪弹打掉了。珍珠是丑陋的；它是灰黯色的；像一个毒瘤。奇诺也听到珍珠的走了调的、疯狂的音乐，奇诺的手微微发抖，他慢慢地转向胡安娜，把珍珠向她递出去。她站在他旁边，仍旧把裹着尸体的小包扛在肩上。她对他手里的珍珠看了一会儿，然后她向他的眼里凝视着，柔和地说："不，你。"

于是奇诺把胳臂往后一甩，使尽力气把珍珠扔了出去。奇诺和胡安娜望着它飞走，在落日下闪闪发光。他们看到远处有一点水溅起，他们并肩望着，对那个地方望了很久。

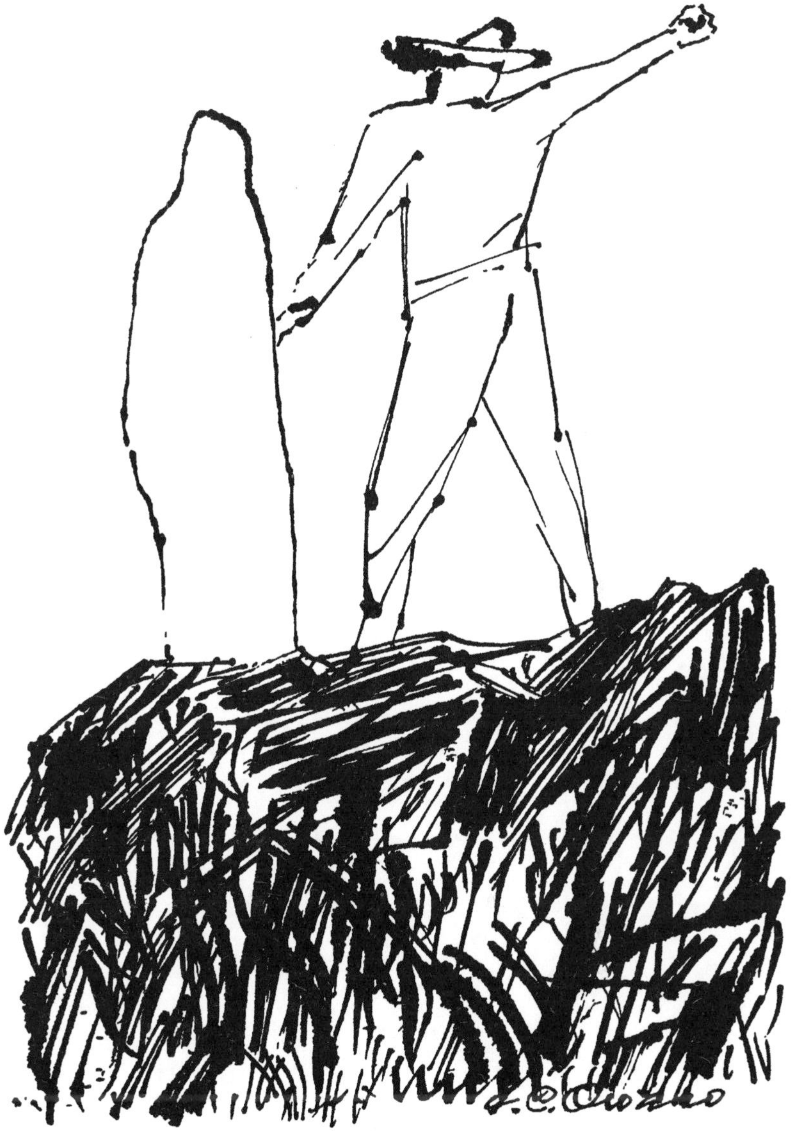

于是珍珠沉入可爱的绿水,向海底坠下去。海藻的摇动的枝叶向它呼唤,向它招手。它面上的光辉是绿色的、可爱的。它落到沙子的海底上的羊齿似的植物当中。在上面,水面是一面绿色的镜子。而珍珠躺在海底。一只在海底爬动的螃蟹扬起一小团沙子,等沙子沉淀下去,珍珠已经不见了。

于是珍珠的音乐越来越低,逐渐消失了。